Lisa Gallauner

Teufelsbotschaft
Kriminalroman

Für Rosi und Sepp

Ein großes Dankeschön an alle, denen Meierhofer und sein Team ans Herz gewachsen sind, und an Mag. Wolfgang Mayr, ohne den es diese Wachaukrimis gar nicht geben würde.

Lisa Gallauner
wurde 1978 in St. Pölten geboren. Sie ist verheiratet und hat einen Sohn. Ende der 90er Jahre ließ sie sich an der PÄDAK Krems zur Diplompädagogin für Englisch, Musik und evangelische Religion ausbilden. Später sollte auch noch die Diplomausbildung für Informatik folgen. 2008 erschien ihr erstes Kinderbuch, seit damals schreibt sie, neben ihrer Arbeit als Lehrerin an einer Neuen Mittelschule, unaufhörlich. *Teufelsbotschaft* ist der sechste Band der Krimireihe mit Chefinspektor Meierhofer.

Die Meierhofer-Krimireihe
Teufelsstimmen
Teufelsmahl
Teufelssturz
Endstation Teufelsmauer
Teufelsstrand

Lisa Gallauner

Teufelsbotschaft
Kriminalroman

feder frei

www.federfrei.at

Sämtliche Protagonisten dieses Romans, ihre Namen und ihre Handlungen sind frei erfunden, etwaige Ähnlichkeiten mit lebenden oder verstorbenen Personen nicht beabsichtigt.

Obwohl der Roman in der wunderschönen Wachau spielt und viele der erwähnten Orte tatsächlich existieren, entspringen die Tat- und Ermittlungsorte sowie die Außenstelle des Landeskriminalamtes Niederösterreich bewusst ebenfalls der Fantasie der Autorin. Auch die Wiener Lokalitäten sind frei erfunden.

1. Auflage
Marchtrenk, 2016
www.federfrei.at

Umschlagabbildung: © fotofrank, Fotolia
Lektorat: S. Bähr
Satz und Layout: Verlag federfrei
Druck und Bindung: Finidr s.r.o.

ISBN 978-3-903092-48-8

KAPITEL 1

Blut, so viel Blut. Es ist überall. An den Wänden, auf dem Tisch, auf dem Boden. Rot, alles rot. Es war ein Fehler, heute hierherzukommen. Ein großer Fehler, den man nicht mehr rückgängig machen kann. Keiner kann rückgängig machen, was heute hier passiert ist. Heute, an diesem 12. Dezember. Das viele Blut – es wird sich nie wieder abwaschen lassen. Nie wieder. Für immer und ewig wird es alle daran erinnern, was heute hier geschehen ist. Blut, so viel Blut.

*

Verliebt blickte Meierhofer auf das kleine Wesen in seinen Händen. Es war perfekt, einfach nur perfekt. Ein fleischgewordenes Wunder. Einzigartig, vollkommen, der Grund, warum das alles hier wieder viel mehr Sinn machte. Dieses Leben, sein Leben, machte jetzt tatsächlich noch ein kleines bisschen mehr Sinn.

»Grüß dich, Johanna. Schön, dass du endlich da bist«, flüsterte er mit belegter Stimme, wobei er gegen die Tränen der Rührung ankämpfte. Opa, bald würde er dieses Wort auch aus einem zweiten Mund hören. Nun war er nicht mehr nur Lukas' Großvater, nein, nun gab es ein zweites engelsgleiches Wesen, über das er seine schützenden Hände halten würde, komme, was wolle. »Ich finde, sie hat deine Nase, Papa«, meinte Marianne in diesem Moment schmunzelnd. Auch ihr war die Rührung anzusehen. Kein Wunder, immerhin war nicht davon auszugehen gewesen, dass sie dieses Wunder der Schöpfung noch einmal erleben würde. Ein zweites gesundes Kind, trotz all der Sorgen und Strapazen während der Schwangerschaft.

»Gott bewahre, beleidige mir das arme Zwutschgerl nicht so! Johanna hat natürlich nicht meinen Zinken geerbt, gell, Zwergerl, hör nicht auf die Mama! Du bist wunderschön, einzigartig, ganz die Oma eben«, erwiderte Meierhofer mit gespieltem Entsetzen, was ihm ein Busserl seiner besseren Hälfte einbrachte. Seiner besseren Hälfte, die heute strahlte wie schon lange nicht mehr. Irene, der das Glück eines zweiten gesunden Kindes verwehrt worden war, bedeutete dieser Tag besonders viel. Der 13. Dezember – ab heute würde er ein Freudentag für sie alle sein.

Vorsichtig streckte der mittlerweile Neunundfünfzigjährige seiner kleinen Enkelin einen Finger hin, den diese augenblicklich mit erstaunlich festem Griff umschloss. Als er auf die winzige Faust rund um seinen rechten Zeigefinger blickte, spürte Meierhofer, dass er den Kampf gegen die Tränen endgültig verloren hatte. Mit feuchten Augen flüsterte er lächelnd: »Kein Wunder, dass du jetzt schon so kräftig bist, mein Schatz, immerhin bist du ein Schütze wie dein Opa. Wahrscheinlich wirst du mal eine ganz tolle Kriminalinspektorin, also, wenn's nach mir gi…«

»Na, na, na, wir wollen doch das kleine Wesen nicht schon jetzt in irgendeine Richtung prägen«, unterbrach Irene ihn. »Lass deine Enkelin erst mal erwachsen werden, dann kann sie immer noch entscheiden, ob es ihr Wunsch ist, ihr Leben der Verbrecherjagd zu widmen. Vielleicht möchte sie ja viel lieber beruflich mit Büchern zu tun haben wie die Oma.«

Karl, der stolze Papa, lachte laut auf. »Momentan beschäftigt Johanna sich ausschließlich mit drei Dingen: dem Trinken, dem Schlafen und dem Befüllen ihrer Windeln. Ich denke, das genügt fürs Erste auch.«

»Intensive Nahrungsaufnahme, Schlafen und Letzteres, tja, was das alles angeht, könnte sie allerdings auch nach mir kommen«, konterte Meierhofer keck, bevor er seine Enkelin vorsichtig wieder ihrer Mutter reichte, die in Anbetracht der erst vor wenigen Stunden überstandenen Geburt überraschend frisch aussah. Dabei dachte er daran, wie schön es war, die Verbrecherjagd einmal komplett außen vor zu halten. Dieser 13. Dezember war ein Festtag, den er sich nicht durch die zerstörerischen Abgründe der menschlichen Seele verderben lassen würde.

*

Leise »Jingle Bells« vor sich hin pfeifend, zieht sie den Schlüssel zu dem kleinen Blockhäuschen aus ihrer Tasche. Ihr Blick schweift über die sanften Weinberge. Die Landschaft hier hat sogar im Winter ihren Reiz, stellt sie zufrieden fest.

Wenn man den heurigen Winter überhaupt einen Winter nennen darf. Immerhin hat es noch kein einziges Mal geschneit. Na gut, offiziell ist ja noch Herbst. Wann beginnt der Winter noch mal? Am 20. oder am 21. Dezember? Egal, der hellblau-violett-rosa gefärbte Sonnenuntergangshimmel erinnert sowieso eher an den Frühling. Etwas lauter pfeifend, bringt sie sich trotz des Wetters in Advent-Stimmung. Auf das Fest freut sie sich in diesem Jahr besonders. Es ist das erste Weihnachten mit Enkerl, das muss einfach großartig werden.

Als sie den Schlüssel endlich ins Schloss stecken möchte, läuft ihr plötzlich ein kalter Schauer über den Rücken. Die Tür steht einen Spalt weit offen. Wie ist das möglich? Es wurde doch vereinbart, dass sie heute vorbeikommt, um das Häuschen von oben bis unten durchzuputzen. Und an solchen Tagen ist das Haus immer leer. Schließlich bekommt man ein schlechtes Gewissen, wenn man anderen beim Arbeiten zusieht.

»Hallo, ist da jemand?!«, ruft sie verunsichert, während sie die Haustür vorsichtig ein Stückchen weiter aufstößt. »Hallo?!« Keine Antwort. Totenstille.

Sofort bemerkt sie, dass sich jemand an ihren Putzutensilien zu schaffen gemacht hat. Der Schrank im Vorraum, in dem sie alles aufbewahrt, was sie für ihre Arbeit braucht, steht offen. Außerdem sieht der Boden nicht so aus, wie er sollte. Wer hat hier so dilettantisch durchgewischt? Was ist hier los?

»Hallo, ich bin's! Hallo?!«, ruft sie erneut. Doch auch diesmal bekommt sie keine Antwort. Vorsichtig schleicht sie Richtung Wohnzimmer. Kopfschüttelnd betrachtet sie den Fliesenboden. Rötliche Schlieren auf den hellen Fliesen! Eine Schande!

Sie will gerade das Wohnzimmer betreten, als ihr Blick ins rechts davon liegende Kaminzimmer fällt. Die Kaminzimmertür ist sonst doch immer verschlossen? Heute nicht, leider. Sonst wäre ihr dieser Anblick erspart geblieben. Einen gellenden Schrei ausstoßend, greift sie zitternd nach dem Handy, das sie in der linken Tasche ihres Putzkittels aufbewahrt. 122? 133? 144? Die Nummern schwirren ihr durch den Kopf, als sie ein kleines Stückchen weiter ins Kaminzimmer vordringt. Jetzt weiß sie, woher die roten Schlieren auf den Fliesen im Vorhaus stammen.

*

»Und, wo haben wir die Leiche?« Meierhofer betrat brummend das kleine Blockhäuschen mitten in den Wachauer Weingärten, zu dem ihn seine beiden jungen Kollegen gerufen hatten. Ein bisschen sauer war er schon. Eigentlich hatte er sich für heute und morgen Zeitausgleich genommen, um endlich seine unzähligen Überstunden abzubauen, aber wenn er nach all den Jahren als Kriminalpolizist etwas wusste, dann dass das Verbrechen keine Rücksicht darauf nahm, ob Feiertage anstanden, jemand Geburtstag hatte oder er gerade wieder Großvater geworden war.

»Wir haben keine Leiche, Chef«, lautete Eva Brombspeidels knappe Antwort.

»Wie, keine Leiche?« Stirnrunzelnd blickte der Chefinspektor seine junge Kollegin an, die ihm mittlerweile ebenso ans Herz gewachsen war wie Stefano Staudinger, dessen Stimme nun aus einem im Inneren des Hauses liegenden Raum zu ihnen drang: »Du hast Eva schon richtig verstanden, Hans, es gibt hier keine Leiche. Nur Blut, jede Menge Blut.«

Ein Tatort ohne Opfer. Meierhofer zog die Augenbrauen hoch. »Und wo genau ist das Blut?«, fragte er, während er mit Brombspeidel das Haus betrat.

»Hier drüben, im Kaminzimmer des Hauses«, erklärte die Revierinspektorin.

Der Chefinspektor scannte jeden Zentimeter des Blockhauses, als er der jungen Inspektorin folgte. Es war teuer eingerichtet, aber hatte etwas befremdlich Unpersönliches. Nicht ein Familienfoto war zu entdecken, nichts deutete darauf hin, dass hier Menschen lebten. »Kaminzimmer – nobel, nobel. Eine schicke Hütte ist das, findet ihr nicht auch?«, murmelte Meierhofer schließlich.

»Du solltest die Luft anhalten, Hans!«, warnte Staudinger seinen Chef ein bisschen zu spät. Der metallische Geruch des Blutes war ihm bereits in die Nase gestiegen. Blut, überall Blut. Meierhofer konnte sich nicht daran erinnern, schon einmal einen Tatort wie diesen gesehen zu haben. Auch wenn ihnen die Leiche fehlte – dieser Raum war zum Tatort eines abscheulichen Verbrechens geworden, so viel war klar.

»Das Blut klebt schon seit etwa einem Tag hier. Ich tippe auf eine Stichverletzung im Bereich der Halsschlagader. Könnte auch sein, dass jemandem die Kehle durchtrennt wurde. Das müssen wir uns aber erst genauer anschauen, wenn wir die Leiche gefunden haben. Jedenfalls ist hier eine ganze Menge Blut im Spiel. So viel, dass es wohl kaum eine Überlebende oder einen Überlebenden gibt. Ob es sich um ein männliches oder ein weibliches Opfer handelt, werden wir nach einer Analyse des Blutes ja rasch wissen. Davon, dass ein menschliches Opfer zu betrauern ist, gehe ich eigentlich aus, auch wenn theore…«

»Grüß dich, Gregor, schön, dich zu sehen«, unterbrach Meierhofer den Spurensicherer, der bereits akribisch seiner Arbeit nachging und wieder einmal vor sich hin plauderte wie ein Wasserfall. Beim Anblick des sympathischen Mannes fiel dem Chefinspektor ein, dass dieser ihm im letzten Sommer vermutlich das Leben gerettet hatte. Rasch wandte der Kriminalbeamte sich aber wieder von Gregor ab und einer anderen Sache zu, die seine Aufmerksamkeit voll und ganz auf sich zog: dem Blut. Es war tatsächlich überall. Auf den Mauern neben dem an sich romantisch wirkenden Kamin, auf dem Kamin, auf dem ursprünglich weißen, flauschigen Teppichboden davor, auf dem kleinen Couchtisch neben dem hellen Ledersofa, auf dem Sofa. Es sah einfach bestialisch aus. Die Spritzer, die Rinnsale, die Schmierer, die Schlieren, die eingetrockneten Lachen – grauenvoll.

»'Tschuldigung, brauchen Sie mich noch?«, riss eine schrille weibliche Stimme Meierhofer aus seinen düsteren Gedanken.

»Wer sind Sie, gute Frau?«, fragte er, bevor er eine Antwort geben konnte.

Staudinger kam der Befragten zuvor: »Frau Zeutlhuber hat die Polizei verständigt. Sie arbeitet hier als Putzfrau. Ihre Aussage wurde bereits zu Protokoll genommen.«

Meierhofer streckte der Frau, die er für etwas jünger hielt, als er selbst es war, die Hand hin. »Guten Tag, Frau Zeutlhuber, Meierhofer mein Name.«

»Chefinspektor Hans Meierhofer, um genau zu sein«, ergänzte Brombspeidel.

Zeutlhuber lief rot an. »Grüß Gott, Herr Inspektor. Also, ich wollt nur fragen, ob Sie mich noch brauchen, weil ich jetzt dann eigentlich auf mein Enkerl aufpassen sollte.«

»Habt ihr noch Fragen an Frau Zeutlhuber? Stefano? Eva?«, gab Meierhofer den Ball an seine beiden jungen Kollegen weiter. Die schüttelten unisono die Köpfe.

»Gut, dann können Sie gehen, Frau Zeutlhuber. Ich gebe

Ihnen noch meine Karte, falls Ihnen etwas Wichtiges einfallen sollte.« Die resolut wirkende Putzfrau griff nach Meierhofers Visitenkarte.

»Ach, eine Frage hätte ich doch, Frau Zeutlhuber. Ich nehme an, Sie haben diese meinen Kollegen bereits beantwortet, aber wer lebt hier eigentlich?«

»Niemand«, erwiderte die Zeugin wie aus der Pistole geschossen. »Das Blockhaus ist ein Ferienhaus, das wochenweise an Touristen vermietet wird. Ich bin bei der Vermieterin des Hauses angestellt. Putze nicht nur hier, sondern auch in ihren Appartements. Heute hätte ich das Haus für die Weihnachtsgäste auf Vordermann bringen sollen – glaube ich zumindest. Aber das kann ich mir jetzt ja sparen. Hier will in der nächsten Zeit ganz sicher niemand mehr Urlaub machen. Wenn sich das erst herumgesprochen hat.«

Ein Ferienhaus. Das würde die Sache nicht einfacher machen. Seufzend meinte Meierhofer: »Ich wäre Ihnen dankbar, wenn Sie fürs Erste Stillschweigen bewahren könnten, Frau Zeutlhuber. Alles andere würde die laufenden Ermittlungen erschweren. Sie dürfen jetzt gehen, auf Wiedersehen.«

»Wiedersehen, Herr Inspektor. Ewig schade um den schönen weißen Teppich. Die Flecken kriegt man nie wieder raus.«

KAPITEL 2

Meierhofer sah sich um. Die Lage hier war wirklich traumhaft. Er konnte sich nur allzu gut vorstellen, dass man an diesem Ort Urlaub machte, um den Strapazen des Alltags zu entfliehen. Aber gleich so endgültig? Nein, ein Verbrechen wie dieses passte für ihn gedanklich nicht hierher. Leider war ihm im Laufe seiner Dienstzeit immer wieder das harte Gegenteil bewiesen worden.

»Habt ihr gewusst, dass dieses Blockhaus ein Ferienhaus ist?«, fragte der Chefinspektor seine jungen Kollegen, die gemeinsam mit ihm ins Freie getreten waren, um eine erste Lagebesprechung abzuhalten.

Brombspeidel schüttelte den Kopf. Staudinger erwiderte: »Nein, dass es hier in den Weinbergen die Möglichkeit gibt, sich ein ganzes Haus zu Ferienzwecken zu mieten, wusste ich nicht. Für uns wäre es auf alle Fälle einfacher, wenn es ein ganz normales Wohnhaus wäre. Jetzt müssen wir nicht nur nach einer Leiche suchen, sondern auch noch herausfinden, wer als Opfer überhaupt infrage kommt.«

»Das wäre uns sonst auch nicht erspart geblieben«, konterte Brombspeidel.

Meierhofer schmunzelte: »Du musst Stefano verstehen, Eva, er und ich sind mittlerweile in einem Alter, in dem wir uns bereits über die bequemeren Fälle freuen. Den komplizierten Weg zu gehen, empfinden wir beide schon als viel zu anstrengend, nicht wahr, alter Mann?«

Staudinger, der genau wusste, worauf sein Chef anspielte, lächelte. »Jemand, der bereits auf den Sechziger zugeht, sollte sich nicht über einen Dreißigjährigen lustig machen. Außerdem ist dreißig heute das neue Zwanzig. Und als alt gilt man doch sowieso frühestens mit neunzig.«

»Hört, hört, das sind ja völlig neue Töne, mein Lieber.«

»Können wir uns bitte wieder wichtigeren Dingen als eurem Alter zuwenden! Was meint ihr, finden wir hier irgendwo eine Leiche? Gregor und seine Leute durchkämmen bereits das gesamte Areal. Dumm nur, dass es schon dunkel ist.« Brombspeidel deutete auf die Spurensicherer, die rund um sie ausschwärmten, alle in der für sie typischen Dienstkleidung, die Gregor stets liebevoll sein Ganzkörperkondom nannte.

Staudinger zuckte mit den Schultern. »Warum nicht, vielleicht wurde das Opfer der blutigen Tat hier nach draußen geschleppt und danach vergraben. Nachdem es heuer für diese Jahreszeit viel zu warm ist, ist der Boden nicht gefroren. Möglich wäre es also.«

»Auf den Fliesen im Vorhaus hat Gregor Reste des Blutes gefunden, die jemand verzweifelt eliminieren wollte. Im Eifer des Gefechts ist das der betreffenden Person aber nicht ausreichend gelungen. Wir können also davon ausgehen, dass es der Verletzte nicht mehr geschafft hat, sich selbst aus dem Haus zu retten. Dagegen spricht auch die unglaubliche Menge des Blutes, die im Kaminzimmer gefunden wurde. Ich denke, dass das Opfer der blutigen Attacke aus dem Haus geschleift wurde, dabei hat es natürlich ziemlich unschöne Spuren hinterlassen, die danach weggeputzt wurden. Nur eben nicht gründlich genug«, meinte Meierhofer, bevor er auf die Landschaft um sich deutete. »Das Haus hier ist abgelegen, Bäume und Sträucher verdecken den Eingang, niemand wohnt in der Nähe, stark befahrene Straßen gibt es auch keine. Wenn der Täter im Dunkeln gehandelt hat, ist er vermutlich relativ problemlos ungesehen davongekommen.«

»Warum eigentlich *der* Täter? Vielleicht waren es ja mehrere? Dann hätten sie die Leiche zu zweit aus dem Haus tragen können. Das wäre viel einfacher und würde erklären, warum nicht mehr Blutspuren im Vorhaus gefunden wurden. Ich denke, eine blutbesudelte Person am Boden hinter sich herzuschleifen, hätte viel intensivere Spuren hinterlassen«, merkte die junge Revierinspektorin an.

»Du vergisst, dass nachweislich geputzt wurde«, konterte Staudinger.

»Schon, aber außer ein paar Schlieren am Fußboden wurde im Vorhaus ja gar nichts entdeckt. Keine Flecken an den Wänden oder Ähnliches. Der Gang ist doch ziemlich eng. Schafft man das als Einzelperson wirklich? Eine von oben bis unten mit Blut verschmutzte Leiche so hinter sich herzuziehen, dass außer ein paar einfach wegzuwischenden Flecken auf dem Fliesenboden keine sichtbaren Spuren bleiben? Da muss man schon sehr stark sein. Übergewichtig darf das Opfer in diesem Fall nicht sein. Und warum hat man sich überhaupt die Mühe gemacht, die Spuren zu verwischen, wenn im Kaminzimmer literweise Blut davon zeugt, was hier passiert ist?« Brombspeidel deutete zurück ins Vorhaus. »Wisst ihr, was ich glaube? Der oder die Täter haben blutige Schuhabdrücke hinterlassen und wollten diese durchs Putzen loswerden.«

»Aber hätten sie die nicht auch schon im Kaminzimmer verteilt?«, gab Staudinger zurück.

»Ist euch nicht aufgefallen, dass ein klar abgegrenzter Teil des Kaminzimmerbodens komplett sauber geblieben ist?«

»Eva hat recht. Dort ist wahrscheinlich ein kleiner Teppich, ein Bärenfell oder ein Läufer gelegen, den oder das der oder die Täter zusammen mit der Leiche ebenfalls entsorgt haben.« Meierhofer übernahm nun. »Vielleicht hat man den Leichnam ja sogar in diesen Teppich eingerollt.«

Staudinger musste trotz der Ernsthaftigkeit der Lage lächeln. »Klischeehafter geht es nicht mehr, oder? Die Leiche wird in einen Teppich eingerollt und danach entsorgt. Tja, aber warum nicht? Möglich wäre es.«

»Denkt ihr, dass es sich bei dem Opfer um einen Mann oder eine Frau handelt? … Hat eigentlich außer mir irgendjemand hier Hunger?«

Brombspeidel, die, wie Meierhofer schätzte, täglich um die fünftausend Kalorien zu sich nahm, aber dennoch gertenschlank war, blickte die beiden Männer fragend an.

Staudinger konnte sich einen etwas bissigen Kommentar nicht verkneifen: »Erstens hat nicht jeder so wie du rund um die Uhr Hunger, und zweitens hat mir das viele Blut da drinnen ein wenig den Appetit verdorben.«

Die Revierinspektorin grinste. »Ja, ja, du bist eben ein zartbesaitetes Kerlchen, lieber Stefano. Aber ich kann dich verstehen. Auf Blunzn hätte ich jetzt auch keinen Gusto, ein Kaffee und etwas Süßes dazu wären allerdings nicht zu verachten. Ich muss schließlich darauf achten, nicht abzunehmen. Meine Mama macht sich ohnehin ständig Sorgen, dass ihr Kind in der Großstadt nichts Gescheites zu essen bekommt.«

»Krems und Großstadt, pff«, entfuhr es Staudinger.

Meierhofer holte tief Luft. »Ich glaube, ihr schweift ein wenig ab, meine Lieben. Gregor meinte, dass es auf den ersten Blick auf alle Fälle danach aussieht, als wäre eine relativ große Person Opfer eines Angriffs geworden. Ihr wisst schon, wegen der Platzierung der Blutflecken. Auch die Menge des Blutes ist beachtlich. Also war es mit Sicherheit ein Erwachsener – zum Glück, wenn man das so sagen kann. Aber ob es ein Mann oder eine Frau war? Das wird uns Dieter Doppler bald sagen können, nehme ich an.«

»Könnte es sich nicht auch um Tierblut handeln? So rein theoretisch, meine ich. Zumindest in Betracht ziehen sollten wir diesen Gedanken«, hakte Brombspeidel nach. »Vielleicht hat ja hier irgendein satanistisches Ritual stattgefunden. Inklusive Opferung eines Tieres.«

»Möglich wäre es natürlich. Aber auch das werden wir von Dieter erfahren. Mein Gefühl sagt mir, dass es nicht so ist. Das Kaminzimmer – es fühlt sich schon an wie ein Tatort, was meinst du, Stefano?« Der Chefinspektor vertraute gerne auf seinen Bauch, was nicht nur an dessen momentan wieder stattlichen Größe lag.

»Mir geht's da genauso«, entgegnete der Gruppeninspektor. »Ich denke auch, dass hier ein Mensch Blut lassen musste. Schon alleine, weil das Kaminzimmer eines Ferienhauses nicht unbedingt der klassische Austragungsort satanistischer Rituale ist. In diesem Fall würde ich eher zu Friedhöfen, einsamen Waldlichtungen oder abgelegenen Plätzchen in den Weingärten tendieren.«

Meierhofer seufzte. »Es nützt alles nichts. Wir müssen auf Dopplers Ergebnisse warten, dann wissen wir Genaueres.

Außer natürlich, Gregor und seine Leute werden noch fündig, aber auch das glaube ich nicht. Lasst uns bis dahin herausfinden, wer das Blockhaus zuletzt gemietet hat. Die Daten der Hausbesitzerin hat uns Frau Zeutlhuber doch gegeben, nicht wahr?«

Staudinger nickte. »Allerdings. Regeln wir das telefonisch, oder willst du der Dame einen Besuch abstatten, Chef? Sie wohnt nicht weit von hier.«

»Also, nachdem wir ja ohnehin schon in der Gegend sind, können wir doch gleich persönlich vorbeischauen. Von Angesicht zu Angesicht spricht es sich doch viel besser«, meinte der Chefinspektor. Vor allem konnte er dann aus der Gestik und Mimik seines Gegenübers lesen. Eine Informationsquelle, die unbezahlbar war.

*

Herta Maibichler war eine sympathische Frau. Meierhofer schätzte die mollige Blondine mit den großen wasserblauen Augen auf Mitte vierzig. Etwas gequält lächelnd streckte sie dem Chefinspektor die Hand entgegen.

»Maibichler, guten Tag, ich nehme an, Sie sind Chefinspektor Meierhofer.«

»Allerdings, der bin ich. Vielen Dank, dass Sie uns um diese Uhrzeit so kurzfristig empfangen. Sie wissen, warum wir hier sind?«

Die Vermieterin des Blockhauses nickte. »Ja, natürlich, aber kommen Sie doch erst mal rein! Kann ich Ihnen etwas anbieten? Tee, Kaffee, ein Glas Wasser?«

»Ein Kaffee wäre super, danke«, kam Brombspeidel ihrem

Chef zuvor, was dieser und Staudinger mit strafenden Blicken quittierten. »Also nur, wenn's keine Probleme macht«, ruderte die Revierinspektorin daraufhin zurück.

»Aber natürlich macht das keine Probleme. Ich habe das Haus voller Gäste und deshalb immer Kaffee und Kuchen bereit, auch abends.«

Beim Wort Kuchen huschte ein Strahlen über Brombspeidels Gesicht, das auch Herta Maibichler nicht übersehen konnte.

»Wie wär's mit einem Stück Apfel-Zimt-Torte zum Kaffee? Sie sehen aus, als wären Sie heute noch nicht zum Essen gekommen. Kein Wunder«, Frau Maibichler schluckte, »ich kann immer noch nicht glauben, dass in unserem Blockhaus ein Verbrechen geschehen ist. Haben Sie mittlerweile denn auch eine Leiche gefunden?«

Meierhofer überlegte für einen Moment, was er der Besitzerin des Hauses anvertrauen wollte, schließlich wussten sie ja nicht, welche Rolle sie in dem Ganzen spielte. Dann beschloss er aber, wieder einmal auf seinen Bauch zu hören. »Nein, Leichenfund hat es bis zum momentanen Zeitpunkt noch keinen gegeben. Das macht die Sache für uns besonders schwierig. Wie hoffen sehr, dass Sie uns vielleicht weiterhelfen können. Fällt Ihnen jemand ein, der als Opfer eines möglichen Kriminalfalles infrage kommt? Wer hatte in den vergangenen Tagen Zutritt zu dem Blockhaus? Wer hat es zuletzt gemietet?«

Mittlerweile waren sie im Gästeraum des Appartement-Hauses angelangt. Maibichler deutete ihnen, an einem der hübschen Tische Platz zu nehmen, was sie auch taten.

»Ich hole nur schnell den Kaffee und Kuchen, dann erzähle ich Ihnen alles, was ich weiß«, erwiderte sie freundlich.

Wenig später war zumindest Eva Brombspeidel mit sich und der Welt in Einklang. Herta Maibichlers Apfel-Zimt-Torte schmeckte himmlisch.

»Bis auf Frau Zeutlhuber, die das Blockhaus wöchentlich für uns putzt, hat eigentlich niemand Zugang zu dem Haus. Außer die jeweiligen Gäste natürlich. Wer das Blockhaus mietet, muss sich selbst versorgen, deshalb sind mein Mann und ich auch nicht mehr besonders oft dort. Nur, um immer wieder nach dem Rechten zu sehen. Die Anmeldung und Abrechnung erfolgt hier, im Appartement-Haus. Momentan ist einer unserer langjährigen Gäste im Blockhaus einquartiert: Diplom-Ingenieur Gustav Schönkirchner. Er kommt mindestens zweimal im Jahr zu uns. Zur Marillenblüte und zum Weinherbst – dass er in der Vorweihnachtszeit ein paar Tage bei uns verbringt, ist allerdings ungewöhnlich.«

Staudinger hatte sein Notizbuch gezückt. »Können Sie uns genauere Informationen über diesen Herrn Schönkirchner geben? Wo kommt er her? Wann hat er eingecheckt? Wie lange wollte er hierbleiben? Ich nehme an, Sie haben seit dem Check-in nichts mehr von ihm gehört?«

Herta Maibichler schüttelte den Kopf. »Nein, seit dem Check-in vor drei Tagen habe ich tatsächlich nichts mehr von ihm gehört. Herr Schönkirchner ist etwa siebzig Jahre alt, groß und schlank. Er lebt in Graz und leitet ein Familienunternehmen, soweit ich weiß. Abgereist wäre er Mitte nächster Woche.«

Groß und schlank. Das passte zu ihrem Opferprofil.

»Wissen Sie, ob Diplom-Ingenieur Schönkirchner Familie hatte? Oder war er immer alleine hier? Brachte er eventuell eine Frau mit? Gerne auch eine jüngere? Oder einen Mann?« Staudinger war nun in Fahrt.

Ein weiteres Kopfschütteln Maibichlers war die Folge. »Tut mir leid, aber über Herrn Schönkirchners Familienverhältnisse kann ich Ihnen leider gar nichts sagen. Er war nicht der Small-Talk-Typ, wenn Sie wissen, was ich meine. Ich denke, ihm war es besonders wichtig, hier unbehelligt eine Auszeit vom stressigen Alltag zu nehmen. Er war immer alleine hier. Immer. Ob er im Blockhaus dann Besuch empfangen hat, weiß ich nicht. Wir überwachen unsere Gäste in dieser Hinsicht natürlich nicht. Wer das Blockhaus mietet, hat während der Dauer des Aufenthalts freie Hand darüber. Uns stört es auch nicht, wenn sich tageweise weitere Gäste einquartieren, weil ohnehin eine Pauschale fürs gesamte Gebäude zu zahlen ist. Tut mir wirklich leid, dass ich Ihnen in dieser Sache nicht mehr sagen kann.«

Meierhofer nickte. So etwas hatte er bereits befürchtet. »Kein Problem, immerhin haben wir nun einen Namen. Das hilft uns schon weiter. Falls Sie wider Erwarten während der nächsten Tage doch noch etwas von Herrn Schönkirchner hören sollten, geben Sie uns bitte sofort Bescheid!« Der Chefinspektor reichte Herta Maibichler seine Visitenkarte und stand auf. »Ach ja, eines noch, wir müssten wissen, ob im Blockhaus etwas fehlt. Eventuell hat ein besonders brutaler Raubüberfall stattgefunden. Wenn Sie und Ihr Mann sich bitte die Mühe machen und alles genau durchsehen würden. Morgen Vormittag vielleicht? Rufen Sie einfach kurz an, sobald es Ihnen recht wäre.« Frau Maibichler nickte stumm.

Meierhofer machte sich rasch auf den Weg nach draußen. Hier war momentan nichts mehr für sie zu holen. Er wollte nur noch so schnell wie möglich ins Büro, um Näheres über diesen Diplom-Ingenieur herauszufinden.

*

»Wie geht's eigentlich Marianne?«, fragte Staudinger, der den Wagen, in dem die drei Kriminalpolizisten saßen, wie immer ein bisschen zu rasant chauffierte, interessiert. Mittlerweile waren er und Meierhofer nicht nur Arbeitskollegen, sondern Freunde, mehr noch, Stefano und sein Lebenspartner gehörten für den Chefinspektor beinahe zur Familie.

»Marianne geht's bestens – und Johanna auch«, antwortete Meierhofer lächelnd.

»Neeeeeein, sag bloß, du bist schon ein zweites Mal Opa geworden?! Ich dachte, der Geburtstermin wäre erst in einer Woche oder so!«, entfuhr es Brombspeidel impulsiv wie immer. Auch Staudinger war erstaunt: »Johanna ist schon da? Wann war's denn so weit?«

»Heute Nacht. Ich war am Vormittag im Spital und hab die kleine Maus das erste Mal in den Armen gehalten. Sie ist ein besonders schönes Putzerl, muss ich sagen, ganz der Opa eben.«

Brombspeidel lachte. »Aber natürlich, wie wäre es auch anders möglich.«

»Warum hast du nichts gesagt, als ich dich angerufen habe? Jetzt tut's mir gleich noch viel mehr leid, dass wir dich aus deinem Zeitausgleich gerissen haben. War Irene eh nicht sauer?« Staudinger stieg noch ein wenig stärker aufs Gas, was Meierhofer dazu veranlasste, sich am Griff über der Beifahrertür festzukrallen.

»Nur ruhig mit den jungen Pferden, Stefano, ich hab jetzt zwei Enkerln, die um ihren Opa trauern würden, wenn er tot im Straßengraben läge, weil sein Kollege sich einfach nicht an

Geschwindigkeitsbeschränkungen halten kann. Und um deine Frage zu beantworten, nein, Irene war natürlich nicht sauer. Sie weiß mittlerweile, dass das Böse sich nicht an fixe Bürozeiten hält, außerdem hat sie momentan eh nur Augen für Johanna. So glücklich wie heute Morgen habe ich sie schon lange nicht mehr gesehen.«

»Kein Wunder, das wäre ich auch, wenn ich so ein süßes Zwutschgerl in der Familie hätte«, seufzte Brombspeidel.

»Na, na, du wirst doch in diese Richtung noch keine Ambitionen haben, Jungspund«, scherzte Meierhofer.

Brombspeidel lachte auf. »Keine Sorge, dazu müsste ich erst mal den richtigen Mann finden.« Beim Blick auf Staudinger, der beim Thema Kinder immer etwas traurig wurde, weil es für ihn nicht so einfach war, mit Dominik eine Familie zu gründen, beschloss sie, das Thema zu wechseln: »Und, was meint ihr, ist dieser Diplom-Ingenieur Schönkirchner unser Opfer?«

»Der Gedanke liegt nahe. Er macht alleine im Blockhaus Urlaub und wird zum Ziel eines brutalen Raubüberfalls. Oder aber, er regelt während seines Urlaubs Geschäftliches und kommt an die falschen Leute. Vielleicht hat sich auch ein Beziehungsdrama abgespielt. Seine heimliche Geliebte besucht ihn im Blockhaus in der Wachau, und deren Ehemann wird zum tödlichen Rächer. Optionen gäbe es mehr als genug, auch wenn einige davon schon fast ein bisschen klischeehaft sind.«

»Wie die Sache mit dem Teppich«, warf Staudinger ein.

»Genau, wie die Sache mit dem Teppich.«

Der Gruppeninspektor bremste den Wagen abrupt ab, um ein Eichhörnchen, das im Dunkeln blitzschnell die Straße überquerte, vor dem grausamen Tod durch seine Autoreifen zu bewahren.

Meierhofer stieß einen gequälten Laut aus. »Phh, wenn wir je heil im Büro ankommen, wissen wir hoffentlich bald mehr. Sobald wir Informationen über Herrn Schönkirchner haben, sollte sich der Nebel etwas lichten.«

Brombspeidel konnte sich ein Schmunzeln nicht verkneifen. »Das hast du schön gesagt, Chef, beinahe poetisch.«

KAPITEL 3

Blut, so viel Blut. Die Bilder, sie wollen einfach nicht verschwinden. Sie werden bleiben, für immer. Jede Nacht werden sie quälend erscheinen, jede Nacht. Es war ein Fehler, so die Nerven zu verlieren. Ein grausamer, fataler, tödlicher Fehler.

*

»Das darf doch nicht wahr sein!« Wütend schlug Meierhofer mit der Faust auf den Tisch, was Brombspeidel und Staudinger kurz zusammenzucken ließ. So kannten sie ihren Chef gar nicht. »Jetzt schlage ich mir am Geburtstag meiner Enkelin die halbe Nacht um die Ohren, um herauszufinden, was hinter diesem absurden Blutbad steckt, und dann das! Aber es wäre ja zu einfach gewesen. Viel zu einfach.«

Staudinger griff seufzend nach seiner Teetasse, auf der in großen Lettern *Stefano* stand, und meinte nach einem Schluck von der beruhigenden Kräutermischung: »Vielleicht sollten wir einfach nach Hause gehen und es für heute gut sein lassen. Morgen, wenn es hell ist, finden Gregor und seine Leute rund um den Tatort sicher mehr, das uns weiterhelfen kann, und auch sonst ermittelt es sich mit einem klaren, ausgeschlafenen Kopf besser.«

Brombspeidel gähnte. »Ich denke, Stefano hat recht, Chef. Der Tag war einfach schon zu lang. Wir sollten uns alle drei ausschlafen und morgen von vorne beginnen. Back to the start. Etwas anderes bleibt uns beim momentanen Stand der Dinge auch nicht übrig. Nicht zu fassen, dass es in ganz Österreich keinen einzigen Gustav Schönkirchner gibt.«

Staudinger trank einen weiteren Schluck von seinem Tee. »Wenn dieser Typ, wie auch immer er in Wirklichkeit heißen mag, sich regelmäßig unter falschem Namen bei Frau Maibichler einquartiert hat, hat er mit Sicherheit in irgendeiner Form Dreck am Stecken. Das macht uns die Sache im Endeffekt eventuell sogar einfacher, liefert uns möglicherweise ein schlüssiges Motiv.«

Seufzend fuhr Meierhofer seinen Computer herunter. »Sei mir nicht böse, Stefano, aber für diese Form des Optimismus fehlt mir momentan die Energie. Ich fahre wirklich nach Hause. Um die Nacht durchzumachen, bin ich schon zu alt. Vor allem habe ich keine Lust, auf meinen Schönheitsschlaf zu verzichten, wenn es ohnehin nicht danach aussieht, als ob unsere nächtlichen Ermittlungen zielführend wären. Gute Nacht!«

»Gute Nacht, Chef!«

»Schlaf gut, Hans. Und lass die frischgebackene zweifache Oma ganz lieb von mir grüßen!«

»Mach ich, Stefano, mach ich.«

Als er in seinem Espace saß, fühlte Meierhofer die bleierne Müdigkeit, die ihn mit einem Mal überkam. Die Müdigkeit, gepaart mit einem bedrückenden Gefühl der Trauer. Wie konnten Glück und Leid nur so nahe beieinander liegen? Warum schaffte es der Mensch nicht, sein Leben so zu gestalten, dass kein anderer dabei zu Schaden kam? Warum passierten nur immer wieder schreckliche Dinge wie dieses Blutbad, von dem er nicht den blassesten Schimmer hatte, was tatsächlich dahintersteckte? Wie konnte aus einem unschuldigen kleinen Wesen, wie es seine Johanna gerade war, irgendwann ein kaltblütiger Mörder werden? Was musste schieflaufen, damit es so weit kam? Was machte einen Menschen zum Gewalttäter? Auch wenn er theoretisch unzählige Antworten auf diese Fragen wusste, würde sein Herz es nie verstehen. Das Böse im Menschen, es würde ihm immer ein Mysterium bleiben. Alles, was er tun konnte, war, im Kleinen dagegen anzukämpfen. Der einen oder anderen geschundenen Seele zu ihrem Recht verhelfen war alles, was in seiner Macht stand.

*

Ein himmlischer Duft wehte Meierhofer entgegen, als er sich dem Hauseingang näherte. Irene hatte anscheinend wieder eine ihrer Köstlichkeiten gezaubert. Kein Wunder, immerhin war heute für sie ein Festtag. Auch wenn es ihm gerade gar nicht leichtfiel, beschloss er, sie nicht merken zu lassen, dass es momentan in ihm brodelte. Seine trüben Gedanken sollten sich nicht auf sie übertragen.

»Hmm, hier riecht's aber köstlich. Lass mich raten, Schlagobers-Hendl?«, rief er betont fröhlich, während er aus seinen Schuhen in die bequemen Patschen schlüpfte.

Irene kam ihm bereits lachend entgegen und schloss ihn in ihre Arme. »Der Kandidat erhält hundert Punkte. Ich hab extra für dich besonders viel Lauch und Schwammerln in die Soße getan und dir eine gewaltige Portion übrig gelassen. Sei nicht böse, dass ich mit dem Essen nicht auf dich gewartet habe. Es ist ja praktisch schon mitten in der Nacht. Hoffentlich hast du trotzdem Hunger?«

Meierhofer erwiderte die Umarmung seiner geliebten Gattin und log: »Einen Bärenhunger hab ich. Gibt's Erdäpfel oder Reis dazu?«

»Zur Feier des Tages beides und eine Flasche alkoholfreien Sekt. Die hab ich allerdings auch schon vor ein paar Stunden aufgemacht.«

Der Chefinspektor, der seit vielen Jahren strikter Antialkoholiker war, was sehr private tragische Gründe hatte, schmunzelte. Seine Irene dachte aber wirklich an alles. »Du verwöhnst mich schon wieder viel zu sehr, mein Schatz, womit habe ich das verdient?«

»Na ja, ohne dich gäbe es Marianne nicht, und ohne Marianne hätte ich heute nicht die hübscheste Enkeltochter aller Zeiten bekommen. Findest du nicht auch, dass die kleine Johanna bezaubernd ist?«

»Bezaubernd ist gar kein Ausdruck. Ein kleines vollkommenes Geschöpf – das Glück, das ich bei ihrem Anblick empfunden habe, kann ich nur schwer in Worte fassen. Ich bin so froh, dass Marianne und das Zwutschgerl alles gut überstanden haben. Du weißt ja gar nicht, wie viele Sorgen ich mir um die zwei gemacht habe. Um die zwei und natürlich auch um Karl und Lukas. Stell dir vor, irgendetwas wäre schiefgelaufen – das hätte ihr ganzes Leben zerstört.«

Irene zog sich ein Paar Kochhandschuhe über und holte die Auflaufform aus dem Backofen. »Du machst dir immer viel zu viele Sorgen, Schatz. Aber glaub mir, mir ist auch wohler bei dem Gedanken, dass es jetzt überstanden ist. Das liegt vermutlich an unserer ganz persönlichen Geschichte.«

Ja, die Fehlgeburten, die steckten ihnen noch immer in den Knochen und das, obwohl sie schon so lange her waren.

»Holst du bitte die Sektflöten, Hans?«

Folgsam trottete Meierhofer ins Wohnzimmer, um zwei der äußerst selten benutzten Gläser, die sie vor Jahrzehnten zur Hochzeit geschenkt bekommen hatten, aus der Vitrine zu holen. Dabei fiel sein Blick auf den Fernseher. Irene hatte sich anscheinend gerade per Teletext auf den Stand der Dinge gebracht. Mehrmals täglich las sie so die Nachrichten, und das, obwohl sie ein topmodernes Smartphone besaß, das alle Stückerln spielte. Eine Schlagzeile stach ihm sofort ins Auge: *Rätselhaftes Blutbad in der Wachau*. Es hatte also keinen Sinn, so zu tun, als wäre er heute zu einem Routineeinsatz gerufen worden.

»Ich hab von der Sache in dem Ferienhaus gelesen«, meinte Irene dann auch beim Essen, das wie immer vorzüglich schmeckte. »Glaubst du, dass dort jemand ermordet wurde?«

Meierhofer zuckte mit den Schultern. »Keine Ahnung, Schatz, möglich wäre es.«

Irene ließ nicht locker. »Habt ihr wirklich Unmengen von Blut am Tatort gefunden?«

»Na ja, wenig war's nicht gerade. Ich hab ja schon einiges erlebt, aber so viel Blut auf einem Fleck, das war sogar für mich neu. Ein Anblick, auf den ich gerne verzichten hätte können ... Das Hendl ist traumhaft, Schatz, damit hast du dich wieder einmal selbst übertroffen.« Der Chefinspektor lenkte gekonnt vom Thema ab – heute wollte er sich einfach nicht mehr mit dem seltsamen Blutfund beschäftigen. Seine bessere Hälfte verstand und kam noch einmal auf Johanna zurück.

»Marianne und die Kleine werden noch ein paar Tage im Krankenhaus bleiben, aber zu Weihnachten sind sie schon zu Hause. Wir sollten uns also überlegen, wie der Heilige Abend heuer ablaufen wird. Möglicherweise ist es Marianne und Karl zu stressig, wie immer zu uns zu kommen. So ein Baby braucht am Anfang doch die ungeteilte Aufmerksamkeit seiner Eltern, und allzu viel Schlaf werden die beiden in den nächsten Wochen wahrscheinlich auch nicht bekommen. Ich bin ja gespannt, wie Lukas mit der Situation umgeht. Hoffentlich nervt es ihn nicht, dass da plötzlich ein kleines Wesen ist, das die gesamte Zuwendung von Mama und Papa für sich beansprucht. Immerhin war er bis jetzt der alleinige Prinz des Hauses. Vielleicht sollten wir nur ihn zu uns einladen? Oder macht das die Situation dann noch schwieriger?«

»Mir ist alles recht. Die Kinder sollen das spontan entscheiden«, brummte Meierhofer ein bisschen zu schroff, da er es nicht mochte, wenn seine Frau sich zu sehr in die Belange ihrer Nachkommen einmischte. Das führte meist zu Unstimmigkeiten.

Irene war sofort anzusehen, dass der Tonfall ihres Mannes sie getroffen hatte, weshalb dieser, um Schadensbegrenzung bemüht, zurückruderte. »Also, ich meine, ich verbringe den Heiligen Abend auch gerne nur mit dir. Wir könnten aber genauso gut Stefano und Dominik einladen, falls ich dir alleine zu langweilig bin. Mit den beiden und mir hättest du dann drei attraktive Männer um dich, was will man mehr?«

Geschafft. Irene konnte sich ein Schmunzeln nicht verkneifen.

»So viel Schönheit auf einmal, ich weiß nicht, ob ich das verkrafte ... Apropos Schönheit – ich werde mich jetzt meinem Schönheitsschlaf widmen. Unglaublich spät ist es heute geworden. Schlaf gut, mein Schatz!«

Das Busserl, das ihm seine Gattin auf die Wange drückte, konnte den Chefinspektor nicht von den Tatortbildern, die auf einmal wieder vor seinem inneren Auge erschienen, ablenken. Und damit verbunden die Frage, wer dieser ominöse Diplom-Ingenieur Schönkirchner in Wirklichkeit war beziehungsweise gewesen war. Dass er noch lebte, bezweifelte Meierhofer nämlich ernsthaft. Nur eines beschäftigte Meierhofer noch mehr: Was war in dem noblen Blockhaus in den Weinbergen bloß geschehen? Wer war dieser Mann gewesen, und was war im Blockhaus in den Weingärten mit ihm geschehen?

*

Loswerden. Man muss sie loswerden. Wenn sie weg ist, sind vielleicht auch die unerträglichen Gedanken an das viele Blut weg. Loswerden, so rasch wie möglich loswerden.

KAPITEL 4

Am nächsten Morgen war die Stimmung in der Kremser Außenstelle des Landeskriminalamts Niederösterreich gedrückt. Es gab nichts Neues.

»Bis wir die Ergebnisse der Laboruntersuchungen haben, dauert es noch. Ich brauch jetzt erst mal einen vernünftigen Latte Macchiato – oder vielleicht wäre ein doppelter Espresso ausnahmsweise zielführender«, seufzte Meierhofer, dem der fehlende Schlaf mehr als deutlich ins Gesicht geschrieben stand.

»Meinst du, auch ein paar Flaschen vom italienischen Weingut meiner Großeltern ändern nichts an der Dauer der Laboruntersuchungen?«, spielte Staudinger auf eine nette Tradition an, die böse Zungen auch als Bestechungsversuche auslegen hätten können. Dieter Doppler, ein alter Freund des Chefinspektors, den er liebevoll Laborheini oder auch Freak nannte, hatte eben ein Faible für gute Tropfen aus aller Welt. Was sprach also dagegen, ihm ab und zu ein freundschaftliches Geschenk zu machen, das ihn in seiner Arbeit motivierte und zu rascheren Ergebnissen führte?

Meierhofer sah andächtig der schaumigen Milch dabei zu, wie sie in seine kitschige *Hans*-Tasse floss. Er hatte sich doch nicht zu einem doppelten Espresso durchringen können. »Nein, ich befürchte, gewisse zeitliche Untergrenzen kann uns nicht einmal ein ganzer Weinkeller ersparen. Wie heißt's so schön: Gut Ding braucht Weile.«

»Morgen, Chef, hast du schon wieder den Philosophen in dir ausgepackt? Hmm, Kaffee, ich hab uns ein paar Topfengolatschen mitgebracht.« Brombspeidel war wie immer frisch und fröhlich. Meierhofer dachte wehmütig daran zurück, dass er in ihrem Alter auch noch eine nicht versiegen wollende Quelle der Energie in sich verspürt hatte. Eine sprudelnde Quelle, die heute eher einem Rinnsal glich. Dafür hatte er nun jede Menge Lebenserfahrung – und das war auch was wert.

Die drei Inspektoren widmeten sich gerade ihrem süßen Frühstück, als Meierhofers Handy klingelte.

»Meierhofer!«, bellte er, weil er es gar nicht leiden konnte, beim Essen gestört zu werden. Seine Laune besserte sich aber im Laufe des Gespräches deutlich.

»Frau Maibichler ... Ja, natürlich passt das für uns ... Interessant ... Aber sicher, das klingt nach einer guten Idee. Vielleicht kann die Dame uns weiterhelfen ... Dann bis gleich, auf Wiederhören.«

Staudinger und Brombspeidel blickten ihren Chef fragend an. Der ließ sich auch nicht lange bitten: »Frau Maibichler und ihr Mann hätten jetzt Zeit, sich den Tatort anzusehen. Außerdem hat die Vermieterin des Blockhauses eine Zeugin aufgetrieben, die uns eventuell neue Informationen liefern kann.«

Brombspeidel sprang auf. »Na, wenn das keine gute Nachricht ist. Dann nichts wie los!«

Da war sie wieder, die unerschöpfliche Quelle der Energie. Aber in Momenten wie diesen wurde sie sogar im Chefinspektor wach. Eventuell würde es bald eine neue Spur geben. Hoffentlich.

*

Als die Kriminalbeamten am Blockhaus ankamen, wartete Frau Maibichler bereits auf sie. Im Schlepptau hatte sie einen kräftigen Mann mittleren Alters und eine junge zierliche Frau. »Grüß Gott, Herr Inspektor, darf ich Ihnen meinen Mann vorstellen.«

Meierhofer schüttelte die Hand des sympathischen, großen, vollbärtigen Dunkelhaarigen und wandte sich dann an die vermeintliche Zeugin, die ihn momentan weit mehr interessierte: »Und Sie sind?«

»Fritz-Fink, Sabine Fritz-Fink, ich arbeite als Masseurin für Frau Maibichler.«

»Unsere Gäste leiden häufig an Verspannungen, wenn Sie zu uns kommen. Sabine zaubert sie ihnen weg. Sie ist eine Meisterin ihres Faches«, erklärte die Besitzerin des Blockhauses lächelnd.

»Boah, so eine Massage täte mir auch mal gut«, entfuhr es Brombspeidel.

Staudinger runzelte die Stirn. »Lassen Sie mich raten, Sie haben auch diesen ominösen Herrn Schönkirchner massiert?«

»Wieso ominös?«, fragte Frau Maibichler erstaunt nach.

»Weil es in ganz Österreich keinen Diplom-Ingenieur Gustav Schönkirchner gibt. Ihr langjähriger Gast hat sich anscheinend unter falschem Namen bei Ihnen einquartiert. Ist Ihnen das nie aufgefallen?« Der Gruppeninspektor kramte nach seinem Notizblock, um sich Aufzeichnungen machen zu können.

»Nein, ist es nicht. Ich habe ihn, als er das erste Mal zu uns kam, natürlich zur Anmeldung ein Formular ausfüllen lassen, aber einen Ausweis habe ich dabei nicht verlangt. Bezahlt hat er immer in bar. Insofern hatte ich also auch keine Kreditkarten- oder andere Bankdaten von ihm. Auf die Idee, dass er uns einen falschen Namen genannt haben könnte, wäre ich nie gekommen. Er war zwar, wie bereits erwähnt, nicht besonders gesprächig, wirkte auf mich aber vertrauenswürdig. Herr Schönkirchner war für mich einfach ein Gast, der gerne seine Ruhe haben und alleine sein wollte.«

»Wenn ich mich da einmischen dürfte – bei meinem letzten Besuch hier im Haus war Herr Schönkirchner, oder wie auch immer er in Wirklichkeit heißen mag, alles andere als alleine. Ich glaube, ich habe ein paar Informationen, die für Sie interessant sein könnten«, warf Sabine Fritz-Fink ein.

»Gut, dann machen wir am besten Folgendes: Eva und Stefano, ihr begleitet bitte Frau und Herrn Maibichler durch das Haus. Achtet darauf, dass keine Spuren zerstört werden, sonst bekommen wir Ärger mit Gregor! Wichtig ist für uns zu erfahren, ob irgendetwas im Haus so ist, wie es nicht sein soll. Ist etwas verschwunden? Wurde etwas durcheinandergebracht und so weiter? Ich unterhalte mich einstweilen mit Frau Fritz-Fink.«

»Geht klar, Chef«, meinte Brombspeidel.

»Folgen Sie mir bitte!«, wandte Staudinger sich an das Ehepaar Maibichler.

Als die vier im Haus verschwunden waren, begann der Chefinspektor: »Gut, also was können Sie mir über Herrn Schönkirchner – bleiben wir der Einfachheit halber bei diesem Namen – erzählen, Frau Fritz-Fink?«

»Herr Schönkirchner ist ein charismatischer älterer Mann. Sie wissen schon, so einer, der eine besondere Ausstrahlung hat, die nicht nur von seinem Geld ausgeht. Und Geld, das besitzt er anscheinend in rauen Mengen. Ich hab nach jeder Massage ein fürstliches Trinkgeld kassiert. Er hat grundsätzlich nie viel mit mir geplaudert. Ich glaube, er wollte gerne seine Ruhe haben, hier bei uns. Manche Leute, die erzählen dir während so einer Massage ihre gesamte Lebensgeschichte, das hat er nie getan. Alles, was ich weiß, ist, dass er in Graz ein erfolgreiches Familienunternehmen leitet. In welcher Branche er ist, hat er mir allerdings nicht verraten. Ich hab aber auch nicht nachgehakt. Wenn ich merke, dass ein Kunde kein Interesse an Small Talk hat, versuche ich erst gar nicht, ein Gespräch in Gang zu bringen.«

Meierhofer wurde ungeduldig. »Sie meinten vorhin, dass Herr Schönkirchner bei Ihrem letzten Treffen nicht alleine war. Was war anders als sonst?«

»Ja, ja, beim letzten Mal, da wirkte Herr Schönkirchner verändert. Er war an diesem Tag tatsächlich nicht alleine im Blockhaus, sondern in Begleitung einer jungen Blondine, die seine Enkelin hätte sein können.«

»Vielleicht war es ja seine Enkelin«, warf der Chefinspektor ein.

Sabine Fritz-Fink lachte auf. »Na ja, wenn es in Ihren Augen normal ist, von seiner Enkelin Bärchen genannt zu werden und sich ausgiebig von ihr auf den Mund küssen zu lassen, dann eventuell schon. Ansonsten würde ich eher sagen, dass es sich um eine junge Geliebte gehandelt hat.«

Junge Geliebte – das klang spannend. Auch wenn Meierhofer privat nicht verstehen konnte, warum man sich als älterer

Mann diesen Stress antat, beruflich war es für sie von großem Interesse. Wenn Herr Schönkirchner, wie er sich genannt hatte, tatsächlich mit einer um einige Jahrzehnte jüngeren Frau einen Liebesurlaub in der Wachau verbracht hatte, dann barg das eine Menge herrlicher Motive für ein Verbrechen: Eifersucht, Rache und vieles mehr.

»War er davor schon mal in Frauenbegleitung, wenn Sie einen Termin mit ihm hatten? Wissen Sie vielleicht, ob Herr Schönkirchner verheiratet war?«

Frau Fritz-Fink schüttelte den Kopf. »Nein, über sein Privatleben hat er leider nie was ausgeplaudert. Mit einer Frau habe ich ihn zuvor auch nie gesehen. Ich glaube, es war auch nicht geplant, dass ich auf die junge Dame treffe. Herr Schönkirchner hatte vergessen, dass wir einen Termin vereinbart hatten. Er war sehr erstaunt, als ich plötzlich vor der Tür gestanden habe, und hat seine Geliebte auch gleich zurechtgewiesen, als sie ihn vor mir küssen wollte. Ich glaube, es war ihm ziemlich peinlich, dass ich Zeugin dieses romantischen Techtelmechtels geworden bin.«

»Haben Sie ihn trotzdem massiert, oder hat er Sie rausgeworfen?«, hakte Meierhofer nach.

»Nein, er hat mich nicht rausgeworfen, sondern die Dame ins Badezimmer verscheucht. Dort hat sie dann, den Geräuschen nach zu urteilen, ein langes Bad genommen, während ich ihr Bärchen massiert habe.«

Dem Chefinspektor kam eine Idee. »Können Sie mir die Dame und Herrn Schönkirchner eventuell genauer beschreiben? Vielleicht auch einem unserer Zeichner, der dann Bilder der beiden anfertigen kann?«

»Aber sicher kann ich das«, meinte Frau Fritz-Fink nickend.

»Wissen Sie, was mir an der Frau besonders aufgefallen ist: Wie groß sie war. Herr Schönkirchner ist ja ein ziemlich großer Mann, sicher über eins neunzig, und sie, sie war nur ein kleines bisschen kleiner als er. So eine große Frau, die sieht man doch eher selten.«

Eine etwa ein Meter neunzig große Frau hatte sich gemeinsam mit ihrem mysteriösen Herrn Schönkirchner hier im Haus befunden. Das bedeutete, dass es nun eine zweite Person gab, die als Quelle des vielen Blutes infrage kam. Oder aber auch als Verdächtige. Vielleicht hatten sie und ihr Bärchen ja gemeinsame Sache gemacht. Waren sie eventuell auf extrem blutige Art und Weise eine unliebsame Ehefrau losgeworden?

Meierhofer reckte aufgeregt seinen Kopf nach vorn. »Eines habe ich Sie noch gar nicht gefragt, Frau Fritz-Fink. Wann hatten Sie denn diesen letzten Massage-Termin mit Herrn Schönkirchner?«

Die Masseurin überlegte nicht lange: »Am 12. Dezember um sechzehn Uhr – um siebzehn Uhr habe ich das Haus wieder verlassen.«

Am Tag der Tat. Dann waren Meierhofers Gedankengänge von gerade eben gar nicht so abwegig. Die junge Frau, die dem ominösen Herrn Schönkirchner im Blockhaus Gesellschaft geleistet hatte, war also eventuell tatsächlich in das Blutbad verwickelt. Als Opfer oder als Täterin – beides lag durchaus im Bereich des Möglichen. Vielleicht war es also doch das Blut einer Frau, das das Kaminzimmer des Ferienhauses in einen Ort des Grauens verwandelt hatte.

*

»Und? Ist Ihnen irgendetwas aufgefallen? Irgendetwas Verdächtiges?«, fragte Meierhofer gespannt, als das Ehepaar Maibichler seinen Rundgang beendet hatte.

»Nein, gar nichts«, erwiderte Frau Maibichler sofort. Anscheinend war sie der dominantere Part in der Beziehung – Herr Maibichler hatte, von der Begrüßung abgesehen, noch kein einziges Wort gesagt.

»Eventuell im Kaminzimmer – das konnten wir ja wegen der Blutspuren nicht so genau unter die Lupe nehmen –, aber sonst fehlt nichts. Es sieht alles aus wie immer«, ergänzte die Vermieterin des Blockhauses.

»Gut, dann können wir einen brutalen Raubüberfall vermutlich ausschließen«, meinte der Chefinspektor. »Außer natürlich, jemand hat diesen vermeintlichen Herrn Schönkirchner überfallen. Wenn der Mann reich war und Bargeld, Schmuck oder andere Wertgegenstände dabeihatte, liegt dieser Gedanke nahe ... Apropos, haben wir eigentlich Schönkirchners Gepäck gefunden?«

Brombspeidel und Staudinger schüttelten unisono die Köpfe.

Eine Antwort kam von Frau Maibichler: »Nein, das ist ja das Seltsame. Wenn ich nicht wüsste, dass Herr Schönkirchner hier eingecheckt hat, würde ich sagen, das Haus hat in den letzten Tagen leer gestanden. Herr Schönkirchner reiste zwar nie mit großem Gepäck, aber dass er gar nichts dabeihatte, ist ja eigentlich unmöglich. Ich denke, dass ...«

Der Chefinspektor hatte das Gefühl, dass Frau Maibichler ein wenig aufdringlich wurde. Eine Hobbydetektivin, die ihm in seine Ermittlungen pfuschte, konnte er momentan gar nicht gebrauchen. Deshalb unterbrach er sie abrupt. »Vielen

Dank für Ihre Hilfe, Frau Maibichler, Herr Maibichler. Sie können jetzt gehen. Sie auch, Frau Fritz-Fink. Bitte vergessen Sie nicht auf den Termin mit unserem Polizeizeichner! Außerdem gebe ich Ihnen meine Kontaktdaten. Bitte melden Sie sich, falls Ihnen noch etwas einfallen sollte!«

Meierhofer drückte der zierlichen jungen Frau seine Visitenkarte in die Hand.

»Mache ich, Herr Inspektor, mache ich. Auf Wiedersehen.«

»Wiedersehen.«

Als die drei Kriminalbeamten wieder allein waren, meinte Meierhofer: »Unser ominöser Herr Schönkirchner war nicht alleine hier. Er war in Begleitung einer besonders großen, besonders jungen Blondine, meinte Frau Fritz-Fink. Wir sollten also noch nicht allzu fest davon ausgehen, dass das Blut im Kaminzimmer von Herrn Schönkirchner stammt. Vielleicht ist er nicht unser Opfer, sondern der Täter. Dann wäre es auch logischer, dass er sein gesamtes Gepäck verschwinden hat lassen – um jeden Hinweis auf seine wahre Identität zu verschleiern. Wie war der Rundgang mit den Maibichlers?«

»Eigentlich unverdächtig«, antwortete Staudinger. »Sie wirkten völlig ruhig, besonnen, wenig voyeuristisch. Das Kaminzimmer haben wir ihnen aber nur einen kurzen Moment gezeigt. Natürlich waren sie schockiert, aber sie haben sich schnell wieder gefangen.«

»Ein bisschen zu schnell, wenn du mich fragst«, warf Brombspeidel ein. »Wenn in meinem Haus so viel Blut an den Wänden und auf dem Boden kleben würde, wäre ich, glaube ich, entsetzter. Vielleicht hängen sie mit drin?«

»Aber sie waren doch so daran interessiert, uns zu helfen«, entgegnete der Gruppeninspektor.

Meierhofer runzelte die Stirn. »Na ja, es gibt auch Täter, die sich von sich aus in die Ermittlungen einbringen. Das gibt ihnen ein Gefühl der Kontrolle, der Macht. Möglich wäre alles. Wie auch immer, solange wir nicht wissen, von wem das Blut im Kaminzimmer stammt, fischen wir ohnehin nur im Trüben. Ich glaube, ich sollte Dieter Doppler anrufen. Eventuell ist er ja doch schneller, als ich es ihm zutraue. Lasst uns im Büro weiterarbeiten! Dort stören wir auch Gregor und seine Leute nicht.« Der Chefinspektor deutete auf die Beamten der Spurensicherung, die bereits seit Stunden damit beschäftigt waren, nach weiteren Hinweisen zu suchen. Meierhofer hoffte, dass sie nun, bei Tageslicht, erfolgreicher waren als am Vorabend. Irgendeine Spur musste es hier doch geben. Irgendeine Spur, die sie den Hintergründen dieses seltsamen Blutbades näherbrachte.

KAPITEL 5

»Mmh, rieche ich hier etwa Pizza? Das ist aber lieb, dass ihr immer Pizza bestellt, wenn ich bei euch vorbeischaue.«

Gregor, der Spurensicherer, ging auf den Schreibtisch des Chefinspektors zu und schnappte sich ungefragt ein Stück der Salamipizza, die Brombspeidel auf Meierhofers Drängen hin zusätzlich zu einer Pizza Hawaii bestellt hatte.

Der Chefinspektor wandte sich grinsend an seine junge Kollegin: »Hab ich nicht gesagt, dass wir eine zweite Pizza brauchen werden?! Mein Bauchgefühl ist phasenweise beinahe prophetisch, meint ihr nicht auch?«

»Vor allem, wenn's ums Essen geht«, ergänzte Staudinger grinsend, was sein Chef geflissentlich überhörte.

»Grüß dich, Gregor, bediene dich nur. Was wäre ein ausgiebiges Pizzaessen ohne deine Gesellschaft?« Der Spurensicherer ließ sich nicht zweimal bitten und griff nach einem mit reichlich Ananas und Schinken belegten Stück.

»Pizza gibt's bei uns aber eigentlich nur gegen Informationen«, kommentierte Staudinger halb im Spaß.

»Du vergisst, dass ich als euer Lebensretter ein Anrecht auf Gratispizza bis ans Ende meiner Tage habe«, konterte Gregor charmant, »aber wenn ihr darauf besteht, habe ich auch ein paar Informationen für euch. Allzu viele sind es aber leider nicht.«

»So, wie's momentan aussieht, sind wir für alles dankbar, was du uns bieten kannst. Also, schieß los.« Meierhofer blickte den Chef der Spurensicherung gespannt an. Der griff nach einem weiteren Stück Pizza – er konnte anscheinend genauso schnell essen wie reden – und begann dann zu berichten. »Nun gut, das Wichtigste zuerst. Wir haben jeden Millimeter des Blockhauses und das gesamte Areal rund um das Haus abgesucht und nirgends auch nur die geringste Spur einer Leiche gefunden. Potenzielle Mordwaffe übrigens auch keine. Wenn, und davon gehe ich aus, in dem Ferienhaus ein Mord geschehen ist, dann wurde das Opfer weggebracht. Wahrscheinlich in einem Teppich, der aus dem Kaminzimmer verschwunden ist, so klischeehaft das auch klingen mag. Die Mordwaffe hat man auch verschwinden lassen.«

Der Teppich – den hatte Meierhofer schon wieder vergessen. Warum, zum Teufel, war den Maibichlers nicht aufgefallen, dass er fehlte? Hatten sie das bewusst verschwiegen?

»Am Tatort haben wir jede Menge Fingerabdrücke sichergestellt, aber ob sie zu jemandem passen, den wir bereits in der Datei haben, muss erst abgeglichen werden. Fußabdrücke haben wir seltsamerweise gar keine entdeckt, und das trotz des vielen Blutes am Boden. Hier hat jemand verzweifelt versucht, diese wegzuwischen. Wir haben Reste eines aggressiven Putzmittels im gesamten Vorhaus gefunden. Überall dort, wo Fliesen verlegt sind, wurde aufgewaschen, wenn auch nicht so gründlich, wie es wohl beabsichtigt war. Die Blutreste auf dem Fliesenboden wären sogar für Laien mit freiem Auge erkennbar. Ich denke, dass der besagte Teppich, falls wir ihn je finden sollten, mit einer Menge verräterischer Fußabdrücke bedeckt ist. Deshalb wurde er wahrscheinlich entsorgt.«

»Das klingt alles nicht besonders hilfreich. So weit waren wir auch ohne deine Hilfe schon«, murrte Staudinger grantig.

Gregor ließ sich dadurch nicht den Appetit verderben. Er widmete sich wieder der Salamipizza und fuhr dann fort: »Eine Spur haben wir aber, die euch weiterbringen könnte. Fußabdrücke fehlen uns, auch im Freien, weil der Weg zum Haus ein Kiesweg ist, aber dafür konnten wir einige einwandfreie Reifenspuren sichern. Der Fahrer des Wagens ist bei seiner Flucht vom Tatort in der Aufregung einige Male vom Kiesweg abgekommen. Und nachdem der heurige Winter kein wirklicher Winter ist, hat er dabei im gatschigen Boden Reifenabdrücke hinterlassen. Meine Leute sind schon damit beschäftigt, diese zu analysieren. Sobald ich mehr weiß, melde ich mich wieder. Habt ihr was dagegen, wenn ich mir als Wegzehrung ein Stück Hawaiipizza mitnehme? … Ach ja, das hätte ich fast vergessen, hier sind die Fotos vom Tatort. Das mit dem Pizzastück geht okay?«

»Tu, was du nicht lassen kannst! Danke für deinen Besuch und die Fotos, Gregor. Melde dich, falls es Neues gibt, okay?!« Meierhofer griff nach dem letzten Stück der Salamipizza. Dabei ging er in Gedanken noch einmal alles durch, was Gregor ihnen gerade erzählt hatte. Egal, wie er es drehte und wendete. Klüger machte ihn das auch nicht. Was war nur am 12. Dezember in diesem Ferienhaus passiert?

*

»Hast du eigentlich ein Foto von Johanna, Chef? Ich würde die Kleine so gerne sehen.« Brombspeidel war gerade dabei, die Bilder vom Tatort, die Gregor ihnen dagelassen hatte, mit

Magneten an das große Whiteboard mitten im Büro festzupinnen.

Meierhofer schüttelte den Kopf. »Nein, tut mir leid, Eva, ich gehöre nicht zu der Generation, die mit ihrem Smartphone jede Sekunde ihres Lebens bildlich festhalten muss. Aber wenn du möchtest, frage ich Irene um ein Foto. Sie hat sicher eines. Was denkt ihr, was ist in dem Ferienhaus passiert? Wer ist unser Opfer?«

Staudinger sprang auf und schritt zum Whiteboard. Er studierte die Fotos eine Zeit lang, dann sagte er: »Nachdem wir jetzt von der jungen Geliebten wissen, die sich mit unserem Herrn, wie auch immer er heißen mag, in dem Blockhaus befunden hat, glaube ich, dass sie das Opfer ist. Es ist doch viel wahrscheinlicher, dass ein stattlicher Mann eine junge Frau tötet und vom Tatort wegschafft als umgekehrt.«

»Vergiss nicht, dass unser stattlicher Mann schon siebzig ist und die Frau, wie du gerade selbst erwähnt hast, jung«, warf Brombspeidel ein.

»Willst du damit sagen, dass Siebzigjährige nicht mehr genug Kraft haben können, um so etwas zu tun? In etwa zehn Jahren bin ich auch siebzig, und ich muss sagen, ich fühle mich noch nicht annähernd wie ein kraftloser Greis.« Meistens zumindest, aber das dachte der Chefinspektor nur.

Staudinger nickte vehement. »Außerdem darfst du nicht vergessen, welche zusätzlichen Kräfte einem unbändige Wut verleihen kann. Wenn der Typ stinksauer auf seine junge Freundin war, weil sie zum Beispiel mit ihm Schluss machen wollte oder ihn verhöhnte, dann wäre es sicher ein Leichtes für ihn gewesen, sie zu überwältigen. Und um jemanden im Halsbereich mit einem Messer verletzen zu können, muss man auch nicht besonders stark sein.«

»Mir geht's ja nicht um die Verletzung an sich, sondern um das anschließende Wegschaffen der Leiche. Ein lebloser Körper ist ganz schön schwer, vergiss das nicht, Stefano«, erwiderte Brombspeidel ein bisschen patzig.

Meierhofer kam nun ebenfalls näher ans Whiteboard. »Was ist, wenn beide tot sind? Vielleicht hat ja unser Ehepaar Maibichler etwas damit zu tun. Findet ihr es nicht auch seltsam, dass sie den verschwundenen Teppich mit keinem Wort erwähnt haben?«

»Schon, aber welchen Grund hätten sie, ihre Gäste zu eliminieren und deren Leichen verschwinden zu lassen? Nicht gerade geschäftsfördernd, wenn du mich fragst, Chef.«

»Da muss ich Eva recht geben, Hans, das klingt schon ziemlich weit hergeholt.« Brombspeidel warf Staudinger ein versöhnliches Lächeln zu.

Meierhofer zuckte mit den Schultern. »In Betracht ziehen müssen wir jede Möglichkeit, sei sie auch noch so abwegig. Hier also die nächste These: Sowohl unser ominöser Herr Schönkirchner als auch seine junge Geliebte sind noch am Leben, dafür eine dritte Person nicht, die sie gemeinsam umgelegt und danach relativ spurlos vom Tatort verschwinden haben lassen.«

Brombspeidel war Feuer und Flamme. »Aber klar, das ist es, die dritte Person könnte Schönkirchners Ehefrau sein. Zu zweit kann man so einen Leichnam viel einfacher entsorgen als alleine. Schönkirchners Ehefrau ist ihrem Mann auf die Schliche gekommen, ist ihm in die Wachau gefolgt, hat ihn und seine Geliebte im Blockhaus in flagranti erwischt und musste das mit ihrem Leben bezahlen.«

»Ja, ja, mach dich nur über deinen alten Vater lustig, du wirst schon noch sehen, was du davon hast«, erwiderte der Chefinspektor schmunzelnd.

»Oje, droht mir jetzt die Enterbung?«, scherzte Marianne.

»Nein, aber ein dicker Drücker deines Papas. Wir müssen nur aufpassen, dass wir Johanna dabei nicht zerquetschen.«

Als Meierhofer seine Tochter und seine Enkelin im Arm hielt, durchströmte ihn ein angenehmes, warmes Glücksgefühl. Und für einen Moment waren die schrecklichen Bilder des Tatortes verschwunden.

KAPITEL 6

Gerade als Meierhofer das Krankenhaus verlassen hatte, kam er endlich. Der lang ersehnte Anruf seines alten Freundes Dieter Doppler.

»Dieter, schön, deine Stimme zu hören ... Gut, machen wir ... Aber natürlich, Stefano hat in seiner Wohnung sicher schon ein eigenes Weindepot für dich angelegt ... Geht in Ordnung, ich richte es ihm aus.«

Wenig später saßen Meierhofer und Staudinger im schnittigen Sportwagen des feschen Gruppeninspektors. Eva Brombspeidel hatten sie nicht mit zu dem Termin bei Doppler genommen, sie sollte im Büro die Stellung halten. Die Revierinspektorin war nicht gerade begeistert gewesen, dass man ihr den Telefondienst zuteilte, hatte aber dennoch gute Miene zum bösen Spiel gemacht. Als Dienstjüngste zog man halt leider immer wieder den Kürzeren.

»Hast du den Wein dabei, Stefano? Doppler hat mich am Telefon danach gefragt.«

Der Gruppeninspektor grinste. »Aber sicher, dieses Mal ist es ein besonders exklusiver Tropfen vom süditalienischen Weingut meiner Großeltern. Ich hoffe, Dopplers Erkenntnisse sind das auch wert.«

»Egal, was er herausgefunden hat, es muss uns auf alle Fälle weiterbringen. Ahnungslos, wie wir zum momentanen Zeitpunkt sind«, brummte der Chefinspektor.

Staudinger nickte und stieg noch etwas stärker aufs Gas. »Dein Wort in Gottes Ohr, Hans.«

*

»Ah, Sherlock Holmes und Dr. Watson. Welch edler Glanz erfüllt meine bescheidene Hütte. Tretet nur ein, kommt näher!«

Dieter Doppler schien guter Laune zu sein. Meierhofer bemerkte sofort, dass er seine Hornbrille wieder trug. Außerdem hatte auch seine Frisur sich verändert. Vom schicken Kurzhaarschnitt, den er bei ihrem letzten Besuch getragen hatte, war nicht mehr viel zu sehen.

»Oje, Liebeskummer?«, lautete deshalb auch der erste Kommentar des Chefinspektors.

Doppler lachte. »Aber geh, ich und Kummer. Lass es mich so formulieren: Ich bin zu dem Schluss gekommen, dass ich alleine besser funktioniere als zu zweit. Diese Kontaktlinsen waren ohnehin schrecklich, und meinen Rossschwanz habe ich auch vermisst.«

»Bis du den wieder hast, dauert es aber noch ein bisschen«, meinte Staudinger, während er Doppler eine Wein-Geschenkbox hinhielt. »Dieses Mal ist es ein besonders edler Tropfen, meinen zumindest Nonna und Nonno, allerdings behaupten sie das von jedem ihrer Weine.«

Anerkennend nickend, griff Dieter Doppler nach Staudingers Geschenk. »Das kann man ihnen aber nicht übel nehmen. Jeder Weinbauer sollte hinter seinen Produkten stehen, und soweit ich das beurteilen kann, sind die Weine deiner Großeltern tatsächlich alle gelungen. Grüß sie bitte von mir!«

»Das mache ich natürlich gerne«, erwiderte der Gruppeninspektor schmunzelnd.

»So, genug des Geplänkels. Sag uns endlich, was Sache ist, Dieter! Was kannst du uns über die Blutspuren erzählen, die in dem Blockhaus gefunden wurden? Stammen sie von einer Person oder von mehreren? Von einer Frau oder einem Mann?«

Ungeduldig klatschte Meierhofer in die Hände.

»Immer langsam mit den jungen Pferden, Hans! Du wirst schon noch erfahren, was es mit dem Blut auf sich hat. War übrigens eine ganze Menge, ich hab Bilder vom Tatort gesehen. Also, wenn ihr mich fragt, wurde da jemandem die Kehle aufgeschlitzt. Einem sehr großen Mann, würde ich sagen. Der Arme hat keine Chance gehabt. Hat eine ziemliche Sauerei hinterlassen, als er zusammengebrochen und auf dem Boden des Kaminzimmers ausgeblutet ist.«

Meierhofer spürte ein Kribbeln in seinem Bauch. »Danke für diese anschaulichen Bilder, mein Freund, du sagst also, es war ein Mann?«

Doppler nickte. »Ja, mit hundertprozentiger Sicherheit, so ein männliches Y-Chromosom lügt einfach nicht.«

Staudinger hakte nach. »Kann es nicht sein, dass es sich um das Blut mehrerer Personen handelt?«

Dieter Doppler schüttelte vehement den Kopf. »Nein, auf keinen Fall. Ich habe alle Blutproben, die mir gebracht wurden, genauestens untersucht und die DNA-Spuren miteinander abgeglichen. Es ist alles dieselbe DNA. DNA, die wir übrigens noch nicht in unserem System gespeichert hatten. Wir können also zum jetzigen Zeitpunkt nicht feststellen, wer unser Opfer war.«

»Also, langer Rede kurzer Sinn: Du gehst davon aus, dass ein sehr großer Mann im Blockhaus zum Opfer einer tödlichen Messerattacke wurde, habe ich recht, Dieter?« Meierhofer blickte seinen alten Freund fragend an.

Der holte eine der Weinflaschen aus der Geschenkpackung. »Bingo! Genauso ist es. Ich wundere mich immer wieder über deine enorm rasche Auffassungsgabe, Hans. Und jetzt lasst mich bitte Feierabend machen! Ich glaube, ich habe mir ein gutes Glas Wein verdient. Immerhin habe ich mir nur für euch die Nacht um die Ohren geschlagen.«

»Das wissen wir auch sehr zu schätzen. Lass dir den Wein schmecken und melde dich bitte, falls du Neuigkeiten für uns hast!« Der Chefinspektor hielt Doppler zum Abschied die Hand hin.

Dieser griff grinsend danach.

»Gerne, aber das kostet euch extra.«

Staudinger zuckte mit den Schultern. »Kein Problem, ich war erst vor Kurzem bei meinen Großeltern am Gargano. Ich bin bestens gerüstet. Arrivederci, Dieter.«

»Ciao, Dr. Watson. Und vergiss mir den guten alten Sherlock nicht.«

*

Meierhofer und Staudinger gönnten sich einen kurzen Abstecher in eines ihrer Lieblingskaffeehäuser, um bei Kaffee und Tee die neuen Informationen zu verdauen.

»Ich denke, wir sollten uns an die Presse wenden und die Bevölkerung um Mithilfe bitten. Frau Fritz-Fink, die Masseurin, müsste mittlerweile dafür gesorgt haben, dass wir Phantombilder unseres potenziellen Opfers und seiner jungen Geliebten haben. Wenn wir die veröffentlichen und um Hinweise bitten, bringt uns das vielleicht weiter.«

Der Chefinspektor blätterte beiläufig die Getränkekarte durch. Unglaublich, wie viele Kaffee-Variationen hier angeboten wurden. Wozu? In seinen Augen ging nichts über einen cremigen Latte Macchiato.

Staudinger runzelte die Stirn. »Du weißt aber schon, was das bedeutet. Unmengen an unbrauchbaren Hinweisen von Leuten, die sich einfach nur wichtigmachen wollen. Zusätzlichen Personalbedarf …«

»Aber vielleicht auch den entscheidenden Hinweis, den wir brauchen, um endlich vernünftig ermitteln zu können. Irgendjemand muss doch mitbekommen haben, was am Tatort passiert ist. Es kann doch nicht s…«

»So, einmal der Latte Macchiato und eine Maronitorte und einmal der grüne Tee und ein großes Stück Apfelstrudel mit extra viel Schlagobers.«

»Danke, das sieht köstlich aus.« Staudinger machte sich sofort über seinen Apfelstrudel her, während Meierhofer zuerst einen großen Schluck von seinem Latte Macchiato nahm. Dann fuhr er fort: »Also, wo war ich, ja genau … Es kann doch nicht sein, dass in diesem Blockhaus ein Mensch brutal ermordet wird und die auffällig große Leiche vom Tatort weggeschafft wird, ohne dass irgendjemand bemerkt, dass hier etwas nicht mit rechten Dingen zugeht.«

»Du vergisst, dass das Haus sehr verlassen liegt. Rundherum nur Weingärten und Wald. Ich denke schon, dass es möglich ist, dort im Dunkeln eine Leiche verschwinden zu lassen, ohne dass es jemand mitbekommt. Noch dazu zu dieser Jahreszeit. Bei diesem grauslichen, viel zu warmen Winterwetter geht ja kein Mensch freiwillig raus.«

»Außer Hundebesitzer wie ich«, warf der Chefinspektor ein.

»Gut, aber außer euch Hundebesitzern, denen nichts anderes übrig bleibt, macht sicher niemand bei diesem Wetter einen abendlichen Spaziergang. Wenn Schnee liegen würde, vielleicht.«

Meierhofer stach einen großen Bissen von seiner Maronitorte ab. »War's am 12. Dezember eigentlich neblig?«

»Wann war's in den letzten Tagen denn nicht neblig?«, erwiderte Staudinger, bevor er sich ein weiteres Stück seines Apfelstrudels in den Mund schob.

»Dann könnte auch der Nebel dazu beigetragen haben, dass das Geschehene unbeobachtet geblieben ist. Ich bleibe dabei, wir sollten uns an die Bevölkerung wenden und um Hinweise bitten. Erst, wenn wir wissen, wer unser ominöser Diplom-Ingenieur Schönkirchner in Wirklichkeit war, können wir vernünftig daran arbeiten, seinen Mörder zu finden. Mmh, die Maronitorte ist ein Gedicht.«

»Hilfreich wäre auch noch, wenn wir seine Leiche finden würden. Mit Leiche ermittelt es sich einfach besser, findest du nicht auch, Hans?«

»Allerdings, das tut es. Und genau deshalb will man sie vor uns verbergen.«

*

Als die beiden Inspektoren zurück ins Büro kamen, wartete bereits eine aufgeregte Eva Brombspeidel auf die zwei.

»Ihr werdet nicht glauben, was ich herausgefunden habe, Leute«, schoss sie ohne Begrüßung los. »Alois Maibichler, also der Mann unserer Frau Maibichler, ist vorbestraft. Wegen schwerer Körperverletzung. Anscheinend neigt er zu extremer Eifersucht, und als einer der Gäste seiner Gattin dieser vor ein paar Jahren schöne Augen gemacht hat, ist er ausgerastet. Hat ihm das Jochbein gebrochen, der gute Mann.«

Meierhofer stieß einen leisen Pfiff aus. »Na, wenn das keine spannende Nachricht ist. Mir ist ja gleich seltsam vorgekommen, dass die beiden das Fehlen des Teppichs angeblich nicht bemerkt haben.«

»Du glaubst doch nicht etwa, dass unser Herr Schönkirchner mit Frau Maibichler angebändelt hat und ihr Mann ihm deshalb die Kehle aufgeschlitzt hat?«, fragte Staudinger skeptisch nach.

»Wäre nicht der erste Mord aus Eifersucht«, meinte der Chefinspektor schulterzuckend.

»Aber Herr Schönkirchner hatte doch, wenn wir dieser Frau Fritz-Fink glauben können, ohnehin eine junge Freundin. Warum sollte er sich dann auch noch an Frau Maibichler heranmachen?«, warf Brombspeidel ein.

»Möglicherweise war er kein Kostverächter. Ein Gigolo der alten Schule. Außerdem arbeitet diese Masseurin für Frau Maibichler. Vielleicht hat sie ihr also mit der Aussage, die junge Geliebte betreffend, einen Gefallen getan. Ein bisserl Falschaussage für ein besonders großzügiges Trinkgeld, ihr wisst, was ich meine.«

Meierhofer ging auf seinen Schreibtisch zu, kramte auf der Suche nach einem Kaugummi in einer seiner Schubladen und fragte dann: »Haben wir mittlerweile die Phantombilder?«

Brombspeidel überreichte sie ihm im selben Moment. Es schien, als hätte sie nur auf diese Frage gewartet.

»Ja, bitte, hier sind sie. Der Zeichner meinte, dass Frau Fritz-Fink die beiden Personen sehr genau beschreiben konnte. Ich finde ja, dass dieser Herr Schönkirchner trotz seines Alters ein sehr attraktiver Mann ist oder war. Seine junge Freundin ist aber auch nicht zu verachten. Solltest du allerdings ernsthaft an Frau Fritz-Finks Glaub- und Vertrauenswürdigkeit zweifeln, Chef, ist fraglich, wie korrekt diese Bilder sind. Überleg doch, wenn die Masseurin sich wirklich zu einer Falschaussage hat überreden lassen, dann liefert sie uns mit Sicherheit keine Phantombilder, die unsere Ermittlungen beschleunigen und den Mann ihrer Chefin erst recht hinter Gitter bringen könnten.«

Staudinger nickte. »Das klingt logisch, Eva. Ich glaube, wir sollten uns noch einmal überlegen, mit den Bildern an die Öffentlichkeit zu gehen, Hans. Lass uns noch eine Nacht drüber schlafen! Stattdessen sollten wir Familie Maibichler einen weiteren Besuch abstatten, meint ihr nicht auch?«

»Doch, auf ein Gespräch mit den Maibichlers hätte ich jetzt tatsächlich Lust«, erwiderte Meierhofer. »Im Auto erzählen wir dir dann auch, was Dieter Doppler herausgefunden hat, Eva. Aber bevor wir losfahren, noch eine dringende Frage: Hat einer von euch einen Kaugummi für mich?«

KAPITEL 7

»Vielen Dank, dass Sie sich erneut Zeit für uns nehmen, Frau Maibichler. Ist Ihr Mann denn auch zu Hause?«

Herta Maibichler war anzusehen, dass ihr die Frage nach ihrem Gatten Sorgen bereitete.

»Wieso, was wollen Sie von meinem Mann? Er ist gerade nicht da – macht einen Spaziergang mit unserem Hund.«

Meierhofer versuchte, die Stimmung zu retten. Momentan war es ihm noch wichtig, als Good Cop rüberzukommen. »Ach, Sie haben einen Hund? Ich auch, einen kleinen Malteserrüden, und Sie?« Der Chefinspektor tippte auf etwas Großes.

»Wir haben einen Schäferhund. Unser Hasso ist ein ganz Lieber.«

Es kostete Meierhofer etwas Mühe, sich ein Grinsen zu verkneifen. Er musste an Einstein denken, der von seinem Züchter ursprünglich auch Hasso genannt worden war. Ein Name, der in den Augen des Kriminalbeamten nicht zu dem kleinen knuffigen Malteser gepasst hatte.

»Schäferhunde sind toll, meine Großeltern hatten früher immer Schäfer«, erwiderte Meierhofer wahrheitsgemäß.

»Wir haben ihn vor allem angeschafft, weil es bei uns während der letzten Jahre einige Einbruchsserien gegeben hat. Mittlerweile ist er aber ein richtiges Familienmitglied. Aber was erzähle ich Ihnen, wenn Sie selbst einen Hund haben, wissen Sie ohnehin, wovon ich spreche … Sind Sie wegen der Sache von früher da? Der schweren Körperverletzung?«

Staudinger mischte sich ein: »Ja, das sind wir, Frau Maibichler. Können Sie uns erzählen, was damals passiert ist?«

»Aber das habe ich doch schon so viele Male getan.«

»Tut uns leid, dass wir alte Wunden aufreißen, Frau Maibichler, aber es ist wichtig. Ich hatte auch einmal einen besonders eifersüchtigen Freund. Ich weiß, wie das ist«, versuchte Brombspeidel es von Frau zu Frau.

Die Vermieterin seufzte. »Er hat sich gebessert, wirklich, mittlerweile wird er nicht mehr sauer, wenn mich ein anderer Mann auch nur ansieht.«

»Wie sieht es aus, wenn jemand mit Ihnen flirtet?«, hakte Staudinger nach.

Ein entsetzter Blick von Herta Maibichler war die Folge.

»Ich flirte nicht mit fremden Männern.«

»So hat mein Kollege das auch nicht gemeint, Frau Maibichler«, rettete die junge Revierinspektorin die Situation, »aber Sie müssen doch sicher beruflich darauf achten, charmant zu Ihren Gästen zu sein. Sie sind eine attraktive Frau, es würde mich nicht wundern, wenn der eine oder andere Gast Grenzen überschreiten würde.«

Herta Maibichler lief rot an.

»Attraktiv hat mich schon lange keiner mehr genannt, danke schön, und natürlich haben Sie recht. Es gibt schon Gäste, die versuchen, ein bisserl mit mir anzubandeln.«

»War Herr Schönkirchner einer dieser Gäste?«, ging Meierhofer aufs Ganze.

»Schönkirchner? Der hat doch mit allem geflirtet, was bei

drei nicht auf den Bäumen war«, entfuhr es Frau Maibichler. Zu spät wurde ihr klar, dass sie einen Fehler gemacht hatte.

Die drei Inspektoren blickten einander stumm an. Alle dachten sie dasselbe. Frau Maibichler hatte ihren langjährigen Gast anscheinend doch etwas besser gekannt, als sie es bei ihrem ersten Gespräch dargestellt hatte. Warum hatte sie versucht, diese Tatsache vor ihnen zu verbergen?

»Aber, Sie glauben doch nicht etwa, dass mein Mann den Diplom-Ingenieur Schönkirchner umgebracht hat, weil der mir ab und zu schöne Augen gemacht hat?! Mein Mann ist nicht gewalttätig! Damals, als er diesem Kerl das Jochbein gebrochen hat, war er sturzbetrunken. Seit einigen Jahren ist er Antialkoholiker, außerdem hat er eine Therapie gemacht.«

Staudinger konnte sich nicht zurückhalten. »Es gibt auch jede Menge Antialkoholiker, die zu Gewaltausbrüchen neigen, Frau Maibichler! Warum haben Sie uns nicht erzählt, dass Ihr Mann diese Vergangenheit hat, als wir letztes Mal bei Ihnen waren?!«

»Sie haben mich nicht danach gefragt! Glauben Sie, ich renne in der Gegend herum und erzähle Gott und der Welt, dass mein Mann vorbestraft ist?! Das ist etwas, worauf man nicht gerade stolz ist!« Herta Maibichler war außer sich, was Meierhofer verstehen konnte. Stefano war wieder einmal etwas zu weit gegangen.

Zeit für den Chefinspektor, beschwichtigend einzugreifen. »Beruhigen Sie sich bitte, Frau Maibichler, wir verstehen Sie ja! Mein Kollege wollte Ihnen keine Vorwürfe machen, aber es ist wichtig für uns, alle Eventualitäten in Betracht zu ziehen. Noch wissen wir ja nicht einmal, ob das Blut in Ihrem Haus tatsächlich von Herrn Schönkirchner stammt. Wo war Ihr Gatte am Abend des 12. Dezembers?«

»Hier, bei mir, wir haben uns einen schönen Abend gemacht und sind dann relativ früh ins Bett gegangen«, antwortete Frau Maibichler wie aus der Pistole geschossen. Ein bisschen zu schnell für Meierhofers Geschmack. Normalerweise mussten Befragte zumindest einen Moment lang überlegen, bevor sie diese Frage wahrheitsgemäß beantworten konnten. Der Chefinspektor beschloss, noch weiter zu gehen. »Denken Sie bitte noch einmal an den Tatort, das hübsche Kaminzimmer, zurück. Sind Sie sicher, dass Ihnen daran nichts aufgefallen ist, als meine beiden Kollegen es Ihnen gezeigt haben?«

»Sie meinen, außer dem vielen Blut?«, entgegnete Frau Maibichler bissig.

»Ja, genau, außer dem vielen Blut. Denken Sie vor allem an den Boden des Zimmers.« Meierhofer blickte sein Gegenüber eindringlich an.

Herta Maibichler wich dem Blick des Chefinspektors aus. »Nein, gar nichts ist mir aufgefallen, und jetzt muss ich Sie bitten zu gehen! Ich fühle mich nicht gut.«

»Selbstverständlich, Frau Maibichler, wir finden selbst hinaus.« Meierhofer hatte genug gehört und gesehen.

*

»Was machen Sie denn schon wieder hier? Sie sind doch die Typen von der Kriminalpolizei, hab ich recht?«

Alois Maibichler, den Meierhofer bei ihrem letzten Treffen als sehr sympathisch empfunden hatte, zeigte nun seine andere Seite. Er war wütend und unsicher, das sah man ihm auf den ersten Blick an. Der Chefinspektor ignorierte die unpassende Anrede und erwiderte: »Guten Abend, Herr Maibichler. Schön, dass wir Sie doch noch zu Hause antreffen. Ist das Hasso?«

Der Schäferhund, den Maibichler mit einer starken Leine an der linken Hand führte, antwortete mit einem tiefen Knurren. Anscheinend war auch er nicht gerade bester Laune.

»Was soll das Geplänkel?«, biss Maibichler sofort drauflos. »Sie sind doch sicher nicht da, um sich mit mir über meinen Hund zu unterhalten?!«

Staudinger, der es nicht leiden konnte, wenn man ihnen keinen Respekt entgegenbrachte, zischte: »Nein, reden wir doch lieber über Herrn Diplom-Ingenieur Schönkirchner.«

»Ich dachte, es gibt in ganz Österreich keinen Diplom-Ingenieur Schönkirchner.« Maibichler grinste die Kriminalbeamten herausfordernd an, was Meierhofer nun ebenfalls zur Weißglut brachte. Doch er ließ sich nichts anmerken. »Ich rate Ihnen, keine Spielchen mit uns zu treiben, Herr Maibichler. Sonst müssen wir unser Gespräch auf dem Revier weiterführen. Ich denke nicht, dass das in Ihrem Sinne wäre – immerhin haben Sie ja schon Erfahrungen in diesen Dingen.«

»Was soll das heißen?! Nur, weil ich vorbestraft bin, bedeutet das noch lange nicht, dass ich etwas mit dem Verschwinden vom Schönkirchner zu tun habe!« Alois Maibichler hatte große Mühe, seine Emotionen zu kontrollieren.

Ein zynisches Lächeln machte sich auf Staudingers Gesicht breit: »Interessant. Dass Schönkirchner vermisst wird, ist mir neu. Kann es sein, dass Sie da mehr wissen als wir, Herr Maibichler?«

Maibichler lief rot an. »Verarschen Sie mich nicht! Natürlich wissen Sie, dass der Schönkirchner verschwunden ist! Das Blut im Blockhaus, das ist doch sicher von ihm!«

»Überdenken Sie Ihre Wortwahl, Herr Maibichler!«, zischte Brombspeidel. Etwas ruhiger fuhr sie fort: »Wir verarschen grundsätzlich niemanden. Woher das Blut in Ihrem Blockhaus stammt, weiß bis jetzt nur der Täter. Spannend also, dass Sie sich da so sicher sind.«

Alois Maibichler wurde blass, und Meierhofer bohrte sofort nach. »Wie war denn Ihre Beziehung zu Herrn Schönkirchner? War er Ihnen sympathisch?«

»Der Schönkirchner war ein präpotentes Arschloch.« Maibichler hatte sich nun nicht mehr im Griff. »Sie wissen schon, so einer halt, der glaubt, er ist was Besseres, nur, weil er reich ist. Ständig hat er mit meiner Herta geflirtet. Mit ihr und jeder anderen, die nicht bei drei auf den Bäumen war.«

»Genauso hat es Ihre Frau auch ausgedrückt, Herr Maibichler. Hat es ihr gefallen, dass Herr Schönkirchner ihr schöne Augen gemacht hat?«, fragte Staudinger.

Maibichler ballte die rechte Hand zur Faust – in der linken hielt er immer noch die Hundeleine – und antwortete dann, nachdem er tief durchgeatmet hatte: »Vergessen Sie es! Das funktioniert nicht. Ich lasse mich nicht von Ihnen fertigmachen. Meine Frau ist mir zu hundert Prozent treu, und dieser Schönkirchner war ihr vollkommen egal. Sie sehen also, ich hatte nicht den geringsten Grund, dem Herrn Diplom-Ingenieur etwas anzutun. Wenn Sie keine weiteren Fragen haben, würde ich Sie bitten, mich jetzt in Ruhe zu lassen. Es war ein langer, anstrengender Tag.«

Wie es schien, hatte Alois Maibichler nach seinem Ausraster tatsächlich eine Therapie gemacht. Er beruhigte sich wieder, was Meierhofer gar nicht so recht war. »Doch, eine Frage habe ich noch. Wo waren Sie am Abend des 12. Dezembers?«

»Ich war zu Hause bei meiner Frau. Wir haben uns einen schönen Abend gemacht und sind dann relativ früh ins Bett gegangen«, antwortete Maibichler, genau wie seine Gattin zuvor eine Spur zu schnell.

Der Chefinspektor seufzte. »Wenn Sie so nett wären, in der nächsten Zeit das Land nicht zu verlassen, Herr Maibichler. Es kann sein, dass wir Ihre Hilfe noch einmal brauchen werden.«

»Keine Sorge, Herr Inspektor, ich habe nicht vor, mich mit meinem gesamten Ersparten in die Karibik abzusetzen. Auf Wiedersehen. Ab mit dir, Hasso!« Der Hundebesitzer leinte seinen Schäferhund ab.

»Der hat doch Dreck am Stecken«, flüsterte Brombspeidel, als Alois Maibichler im Haus verschwunden war.

»Das denke ich allerdings auch, Eva«, stimmte Staudinger ihr zu.

Meierhofer blickte zum Haus zurück, in dem trotz der dünnen Vorhänge nur die gestikulierenden Silhouetten der beiden Maibichlers zu erkennen waren. Sie schienen heftig miteinander zu diskutieren.

»Ganz egal, wie verdächtig sich unser Herr Maibichler verhält, solange wir keine Leiche haben, bringt uns das leider alles nichts.«

*

Als Meierhofer an diesem Abend nach Hause kam, hatte er auf nichts Lust. Er war müde, hungrig und frustriert – eine schlechte Kombination. Einzig Einsteins schwungvolle Begrüßung hob seine Laune ein wenig.

»Ja, Einstein, ich freu mich auch, dich zu sehen«, meinte er liebevoll, als der drollige Malteser wie ein Gummiball an ihm hochsprang. »Was meinst du, machen wir einen kleinen Spaziergang?«

Gegen einen Spaziergang hatte der Rüde natürlich nichts einzuwenden, weshalb er und sein Herrchen kurz darauf durch die dunklen Weingärten wanderten. Der helle Strahl von Meierhofers Taschenlampe durchschnitt die Dunkelheit, die sie umgab.

Seine Gedanken wanderten zu dem Blockhaus. Auch dort sah es, was die Straßenbeleuchtung anging, schlecht aus. Eine Leiche nahe des Ferienhauses nach Einbruch der Dunkelheit ungesehen in ein Auto zu verfrachten, war wahrscheinlich kein Ding der Unmöglichkeit.

Auto! Himmelherrgott, er hatte komplett vergessen, Alois Maibichler zu fragen, ob er einen Blick in seinen Wagen werfen durfte. Der Chefinspektor konnte sich daran erinnern, dass Maibichler einen dunklen Kombi fuhr, in dem mit Sicherheit auch der Leichnam eines etwa ein Meter neunzig großen Mannes Platz gehabt hätte. War Maibichler ihr Mörder? Hatte im Blockhaus überhaupt ein Mord stattgefunden? Wann würden sie endlich eine Leiche finden? Hatte man diese vielleicht schon in handliche Teile zerlegt und irgendwo vergraben, versenkt oder einbetoniert? Diese und andere morbide Gedanken quälten Meierhofer. Er hasste nichts mehr, als in einem Fall auf der Stelle zu treten, doch das war derzeit ihr Schicksal. Vermutlich war es das Vernünftigste, den Maibichlers weiter auf den Zahn zu fühlen. Wenn sie etwas mit der Sache zu tun hatten, würden sie eventuell irgendwann ein Geständnis ablegen. Ein Geständnis, das es ihnen auch ohne den Fund der Leiche ermöglichen würde, den Fall abzuschließen.

Der Chefinspektor dachte an die Phantombilder, die der Polizeizeichner mit Frau Fritz-Finks Hilfe gezaubert hatte. Schönkirchner war, wenn das Bild der Realität entsprach, ein äußerst attraktiver älterer Herr gewesen. Wie dieser eine bekannte deutsche Schauspieler, dessen Name ihm gerade nicht einfiel. Dass Alois Maibichler ihn als Bedrohung empfunden hatte, war gut möglich. Alois Maibichler, der sich vor lauter Eifersucht bereits zur schweren Körperverletzung hatte hinreißen lassen.

Allerdings war Körperverletzung nicht mit Mord gleichzusetzen. Verübte man tatsächlich eine derart blutige Tat wegen eines kleinen Flirts der eigenen Gattin mit einem Fremden? Oder steckte mehr dahinter? Hatten Herta Maibichler und Gustav Schönkirchner, ihr Stammgast, eventuell eine länger dauernde Beziehung miteinander gehabt? War Alois Maibichler deshalb ausgerastet?

Doch warum war dieser Schönkirchner unter falschem Namen in der Wachau abgestiegen? Was hatte er zu verbergen gehabt? Wen hatte er hinters Licht führen wollen? War er vor jemandem geflüchtet? Vom Alltag, der Ehefrau, beruflichen Belastungen oder etwa vor kriminellen Machenschaften? Hatte er möglicherweise selbst etwas Illegales im Sinn gehabt, hier, in der wunderschönen Wachau?

Einsteins wildes Gebell riss Meierhofer aus seinen Gedanken. Was hatte der Malteser bloß? Warum beruhigte er sich nicht? Langsam näherte sich der Chefinspektor seinem wütend bellenden Hund, der etwas Unappetitliches entdeckt hatte.

Meierhofer hielt die Luft an. Der Geruch des Kadavers war einfach unerträglich. Er griff nach seinem Handy, um einen seiner Bekannten anzurufen, der Jäger war. Dieser versprach ihm, sich um das verwesende Reh zu kümmern, das Einstein, in dem anscheinend doch ein kleiner Jagdhund steckte, aufgespürt hatte. Nachdenklich setzte der Chefinspektor seinen Spaziergang fort. Nun hatte er doch noch einen Leichnam gefunden, allerdings den falschen.

KAPITEL 8

Er gähnt. Das frühe Aufstehen, das ist der Teil, den er an seinem Job nicht besonders mag. Der Lärm, manchmal auch der Gestank – das macht ihm alles nichts. Er genießt es, hier das Sagen zu haben. Ein Auge auf die Leute zu werfen, sicherzugehen, dass sie sich auch an die Regeln halten. Ordnung, die ist ihm am wichtigsten – alles muss seine Ordnung haben. Er nähert sich seinem Einsatzort. Sofort sticht ihm der große längliche Gegenstand ins Auge, der an dieser Stelle überhaupt nichts verloren hat. Das darf doch nicht wahr sein! Er ist sich sicher, dass dieses Ding gestern Abend, zu Dienstschluss, nicht hier gewesen ist. Das hätte er doch nie durchgehen lassen. Ein seltsames Gefühl beschleicht ihn. Irgendetwas ist hier faul. Langsam nähert er sich dem ungewöhnlichen, in eine schwarze Plane eingerollten Gegenstand. Vorsichtig tritt er dagegen. Dann geht er in die Hocke, um sich das Ding genauer anzusehen. Immerhin muss er entscheiden, in welchem der Container er es deponieren soll. Er entfernt die Plane an einem der beiden Enden. Er erstarrt. Verwirrung macht sich in ihm breit. Es dauert einen Moment, bis er begreift, was er da vor sich hat. Als es so weit ist, wird ihm übel. Gut, dass er heute noch nicht gefrühstückt hat. Erbrochenes hat hier, in seinem Einsatzbereich, wirklich nichts verloren.

*

»Morgen, Schatz, du schaust geschafft aus. Was ist los?« Irene war bester Laune, etwas, das man von Meierhofer an diesem Tag nicht behaupten konnte.

»Kaffee«, brummte er, bevor er sich an den Küchentisch setzte und nach einer Scheibe Brot griff.

Der Chefinspektor war zwar kein Macho, der sich von vorne bis hinten bedienen ließ, aber vor seinem ersten Kaffee war er unleidlich. Das wusste Irene nach all den gemeinsamen Jahren. Sie hatte sich daran gewöhnt.

»Hier bitte, ein Latte Macchiato für meinen liebenswerten, freundlichen Ehemann«, meinte sie augenzwinkernd, als sie ihrem Hans, der gerade in Zeitlupe Streichkäse auf sein Brot schmierte, das Kaffeeglas reichte.

»Danke«, brachte der verschlafen hervor.

»Ich mach uns ein bisschen Musik«, flötete Irene, während sie das Radio einschaltete. Stille am Morgen war nicht ihr Ding.

Schweigend saßen die beiden am Küchentisch und verzehrten ihr Frühstück. Nur Einsteins leises bettelndes Winseln, begleitet von der Melodie irgendeines Popsongs, sorgte für ein wenig Geräuschkulisse. Bis die Nachrichten endlich Leben in Meierhofer brachten.

»Ein ungewöhnlicher Leichenfund beschäftigt seit heute früh die Polizei in Wien. Ein Angestellter eines Mistplatzes hat den Leichnam eines unbekannten Mannes entdeckt. Ob Fremdverschulden vorliegt, ist zum momentanen Zeitpunkt nicht bekannt. Die Polizei bittet um Hinweise unter …«

Der Chefinspektor sprang auf, gab seiner Frau einen Kuss auf die Wange und griff sich den Rest seines Streichkäsebrotes. »Ich muss los, Schatz, ich glaube, es tut sich endlich was in unserem Fall.«

»Aber die Leiche wurde doch in Wien gefunden?«, entgegnete Irene verwundert.

»Schon, aber mein Bauchgefühl sagt mir, dass es trotzdem unser Mann sein könnte«, erwiderte Meierhofer beinahe euphorisch, bevor er sich über seine ausladende Körpermitte strich. »Und auf diesen Bauch ist meist Verlass.«

Irene lachte auf. »Kein Wunder, bei dem Prachtexemplar. Ich drück dir die Daumen, dass dich diese Sache in Wien weiterbringt.«

»Danke, Schatz, du bist die Beste. Ich ruf an, falls es spät wird.«

Als Meierhofer die Haustür hinter sich schloss, spürte er endlich wieder diese Energie, die er brauchte, um sich voll und ganz der Aufklärung eines Falles zu widmen.

*

»Hans, ich hab schon auf dich gewartet«, begrüßte Staudinger seinen Chef energiegeladen wie immer. Auch ihm war anzumerken, dass es in ihm brodelte.

»Lass mich raten, du hast von der Sache in Wien gehört und denkst dasselbe wie ich?« Meierhofer schälte sich aus seiner Winterjacke und ging dann schnurstracks auf die Kaffeemaschine zu.

»Allerdings, das tue ich, und du wirst nicht glauben, wie klein die Welt ist, Hans. Rate mal, wer in Wien an dem Fall arbeitet?«, meinte der Gruppeninspektor schelmisch grinsend.

Meierhofer verstand sofort. »Doch nicht etwa?«

Staudinger nickte.

»Nein, das gibt's ja nicht.« Der Chefinspektor konnte nicht glauben, dass sie tatsächlich so viel Glück hatten.

»Doch, das gibt's. Die Leiche fällt in Pauls Zuständigkeitsbereich. Es wird also nicht allzu schwierig werden, mit den Wiener Kollegen in Kontakt zu treten.«

Mit Paul meinte Staudinger Chefinspektor Paul Zöller, einen sympathischen Wiener Kollegen, der ihnen bei der Aufklärung eines anderen Falles eine große Hilfe gewesen war und mit dem sie auch immer noch in Verbindung standen.

»Hast du schon bei ihm angerufen?«, fragte Meierhofer, während er sein Latte-Macchiato-Glas so platzierte, dass der Zubereitung eines perfekten Kaffees nichts mehr im Wege stand.

Der Gruppeninspektor schüttelte den Kopf. »Nein, ich hätte mich nie getraut, dich in so einer wichtigen Sache zu übergehen. Das erste Gespräch mit Paul solltest schon du führen.«

»Morgen, Leute, hab ich was verpasst? Warum seid ihr so gut drauf?« Eva Brombspeidel, die ein Kuchenblech in den Händen hielt, schien noch nicht auf dem letzten Stand zu sein. Deshalb interpretierte sie die irritierten Blicke ihrer Kollegen auch falsch.

»Apfelkuchen. Hab ich selbst gebacken. Keine Sorge, ich kann nicht nur hervorragend essen, sondern auch kochen.«

Staudinger nahm seiner Kollegin das Blech ab. »Danke, Eva. Sag bloß, du hast wirklich nichts mitbekommen? Auf welchem Planeten lebst du eigentlich?«, neckte er sie.

»Mitbekommen? Was denn?« Die junge Revierinspektorin verstand nur Bahnhof.

Meierhofer beschloss, sie nicht weiter auf die Folter zu spannen. »Auf einem Wiener Mistplatz wurde eine unbekannte männliche Leiche gefunden.«

»Na und?«, war Brombspeidels unspektakuläre Reaktion.

»Wir glauben, dass es sich bei der Leiche um unser Opfer handeln könnte«, erklärte Staudinger seiner Kollegin mit leicht genervtem Unterton.

»Und wie kommt ihr darauf?«, erwiderte die Revierinspektorin, immer noch nicht sonderlich beeindruckt.

»Bauchgefühl«, entfuhr es Meierhofer und Staudinger unisono.

Brombspeidel runzelte die Stirn. »Ich würde mir an eurer Stelle nicht zu große Hoffnungen machen, Leute, in Wien finden sie doch öfters Leichen. Die Wahrscheinlichkeit, dass gerade diese das Opfer aus dem Blockhaus ist, ist doch eher gering.«

Staudinger wurde grantig. »Willst du uns mit Gewalt die Laune verderben, Eva? … Ich bin dafür, dass du so schnell wie möglich mit Paul telefonierst, Hans. Er soll uns alles, was er bis jetzt hat, zukommen lassen. Vor allem ein Foto der Leiche, das wir dann Frau Fritz-Fi…«

»Paul, wer ist Paul?«, unterbrach Brombspeidel Staudinger, da sie erst seit einigen Monaten im Team war und Chefinspektor Paul Zöller noch nicht kannte.

»Lässt du mich bitte ausreden!«, zischte der Gruppeninspektor beleidigt.

Meierhofer, der bereits die Hälfte seines Kaffees vernichtet hatte, meinte versöhnlich: »Ich telefoniere jetzt erst mal mit Paul, und du, Stefano, erklärst Eva, was es mit unserer Bekanntschaft zu Chefinspektor Zöller auf sich hat, in Ordnung?

Mit etwas Glück wissen wir in Kürze, ob der Tote vom Mistplatz etwas mit unserem Fall zu tun haben könnte.«

*

Staudinger und Brombspeidel blickten ihren Chef gespannt an. Das Telefonat hatte länger gedauert als erwartet, und nun wollten sie endlich wissen, was Sache war.

»Sag schon, Hans, was hat Paul dir erzählt?!«, drängte der Gruppeninspektor ungeduldig.

Meierhofer genoss es, seine Kollegen auf die Folter zu spannen. »Also, Paul hat gesagt, dass ich dich ganz lieb von ihm grüßen lassen soll, Stefano. Er hofft, dass es dir gut geht und freut sich schon darauf, Eva kennenzulernen.«

»Das heißt, wir werden nach Wien fahren?«, schoss Brombspeidel dazwischen.

Der Chefinspektor nickte. »Wenn sich der Verdacht, dass unser Tatort etwas mit Pauls Leiche zu tun haben könnte, erhärtet, ja.«

»Was wissen Paul und seine Leute über den Toten?«, hakte Staudinger nach.

Meierhofer holte tief Luft und begann zu berichten: »Nicht allzu viel. Der Tote wurde, in eine schwarze Plane eingewickelt, auf einem Mistplatz deponiert.«

»Eine Plane, kein Teppich, schade«, murmelte Brombspeidel.

»Ich war ja noch nicht fertig, Eva«, maßregelte der Chefinspektor seine junge Kollegin. »Der Teppich, der eher ein Läufer zu sein scheint, befand sich zwischen Plane und Leiche. Auffällig an ihm ist, dass jemand ihn mit einer Teppichbürste oder Ähnlichem bearbeitet haben muss. Er ist feucht und riecht nach Waschmittel. Genauer untersucht wurde er noch nicht, aber Paul ist sich sicher, dass man sowohl Blut- als auch Waschmittelreste darauf finden wird.«

»Aber keine verräterischen Fußabdrücke mehr«, merkte Staudinger an.

»Genau«, fuhr Meierhofer fort, »dennoch bringt uns das ein schönes Stück weiter. Wenn der Teppich aus dem Blockhaus entfernt wurde, wird uns das mit Sicherheit jemand bestätigen können.«

»Du vergisst, dass die Maibichlers momentan wenig kooperativ sind und außerdem einen Ehrenplatz auf unserer Verdächtigenliste haben, Chef«, merkte Brombspeidel kritisch an.

»Die beiden schon, Eva, deshalb werden wir als Erstes der Putzfrau ein Foto des Teppichs zeigen. Ich denke nicht, dass sie mit den beiden unter einer Decke steckt. Selbst wenn, sobald wir einen DNA-Abgleich machen können, wissen wir zu hundert Prozent, ob Pauls Leiche die Person ist, die im Ferienhaus jede Menge Blut lassen musste. Aber nun zurück zur Leiche. Es handelt sich, wie gesagt, um den Leichnam eines sehr großen Mannes, der im Halsbereich Stichverletzungen aufweist. Die Kehle wurde ihm also nicht durchtrennt. Dem Zustand der Leiche nach zu schließen, muss der beinahe vollständig ausgeblutete Mann am 12. oder 13. Dezember gestorben sein, meinte Paul. Noch konnten er und seine Leute das Opfer nicht identifizieren. Paul schickt uns Fotos vom Fundort der Leiche, dem Leichnam selbst und dem Teppich. Außerdem alle Daten, die er bis jetzt hat. Im Gegenzug hätte er gerne alles, was wir ihm übermitteln können. Das Phantombild, die Tatortfotos etc. Kümmerst du dich bitte darum,

Stefano?«

Staudinger fuhr seinen Computer hoch. »Kein Problem, Hans, wird sofort erledigt.«

»Wien in der Vorweihnachtszeit erleben, das war schon immer mein Traum«, meinte Brombspeidel lächelnd.

Meierhofer schmunzelte. »Ich denke, dieser Traum wird dir in Kürze erfüllt werden, Eva.«

*

»Ich glaub, den Schönkirchner hat's erwischt.«

»Den Schönkirchner? Wie kommst du denn darauf?«

»Er antwortet nicht mehr. Außerdem war da ja diese Blutbadgeschichte.«

»Blutbadgeschichte?«

»In dem Ferienhaus, in dem wir ihn immer getroffen haben, hat jemand ein Blutbad angerichtet. Leiche wurde allerdings keine gefunden.«

»Was machen wir jetzt?«

»Abwarten. Abwarten und hoffen, dass wir keinen Ärger bekommen.«

»Glaubst du, er hat jemandem von unseren Treffen erzählt?«

»So dumm war er sicher nicht. Trotzdem könnte es unangenehm für uns werden, wenn die Polizei anfängt, in seinem Leben herumzuschnüffeln.«

»Gut, warten wir ab. Vielleicht ist er ja doch nur auf Urlaub.«

»Das glaubst du doch selbst nicht. Er würde die Geschäfte nie so schleifen lassen. Nein, dem Schönkirchner ist etwas passiert. Da bin ich mir ganz sicher.«

KAPITEL 9

»Was sagen uns diese Bilder über Frau Fritz-Fink?« Meierhofer, Staudinger und Brombspeidel blickten wie hypnotisiert auf die beiden Ausdrucke, die vor ihnen auf dem Tisch lagen. Einer zeigte das Gesicht der in Wien gefundenen Leiche, der zweite das mithilfe der Masseurin von ihrem Polizeizeichner gefertigte Phantombild Schönkirchners.

»Dass sie eine verdammt gute und unbestechliche Zeugin ist«, beantwortete der Chefinspektor sich seine Frage selbst.

»Das ist eindeutig ein und derselbe Mann, auch wenn er auf dem Foto etwas blutleer aussieht«, meinte Brombspeidel. Dass ihre Bemerkung ein wenig pietätlos war, übergingen ihre Kollegen. Stattdessen erwiderte Staudinger: »Außer, unser Schönkirchner hat einen eineiigen Zwillingsbruder oder einen mysteriösen Doppelgänger. Beides halte ich für unwahrscheinlich. Endlich tut sich etwas in diesen Ermittlungen!«

Meierhofer bremste seine jungen Kollegen. »Freut euch nicht zu früh, Leute. Dass die Leiche aus Wien das Opfer unseres Blutbades ist, ist erst erwiesen, wenn wir einen positiven DNA-Abgleich haben. Das wird aber noch ein bisserl dauern, meint Paul.«

»Komm schon, Chef, du willst doch nicht allen Ernstes behaupten, dass da Grund zum Zweifeln besteht? Das kann einfach kein Zufall sein!«, protestierte Brombspeidel.

»Ich glaube auch nicht, dass wir uns da Sorgen machen

müssen«, bestärkte Staudinger sie, »die Ähnlichkeit ist doch wirklich nicht zu übersehen!«

»Schon, aber für uns zählen nur Fakten. Dennoch denke ich, dass wir jetzt Grund genug haben, mit den Phantombildern an die Öffentlichkeit zu gehen. Vorausgesetzt natürlich, dass Paul nichts dagegen hat. Ich bin mir nur nicht sicher, ob wir die mögliche Verbindung zwischen dem Blutbad in der Wachau und dem Leichenfund in Wien auch publik machen sollen.« Der Chefinspektor runzelte die Stirn. Er war froh, dass sie für den Kontakt zur Presse eigene Leute hatten, die genau wussten, wie man am besten mit deren Vertretern umging. Für ihn war das ein Terrain, das er nur ungern betrat. Irgendwie hatte er immer Angst, etwas Falsches zu sagen. Er räusperte sich lautstark. »Ich werde das noch mit Paul und den Verantwortlichen abklären. Hoffentlich bringen uns die veröffentlichten Phantombilder weiter.«

Staudinger klatschte in die Hände. »Aber sicher. Wäre doch gelacht, wenn wir nicht bald herausfinden würden, wer dieser vermeintliche Diplom-Ingenieur Schönkirchner wirklich war. Weißt du was, Eva? Jetzt hätte ich Lust auf ein Stück von deinem Apfelkuchen. Das gesamte Büro duftet danach.«

»Na, endlich sagt jemand was. Ich hätte ihn am liebsten schon heute früh angeschnitten.« Brombspeidel sprang auf, um sich an das Aufschneiden des Kuchens zu machen.

»Ich nehme auch ein Stück«, murmelte Meierhofer, der mit den weiteren Mailanhängen Zöllers beschäftigt war. Ein bisschen Zucker konnte nicht schaden. Er hatte das Gefühl, dass dieser Tag ein langer werden würde, und zu seiner eigenen Verwunderung freute er sich darauf.

*

Meierhofer inspizierte die Namensschilder am Eingang des unscheinbaren grauen Wohnblocks. Es dauerte eine Weile, bis er den Namen Zeutlhuber entdeckt hatte. Als es so weit war, klingelte er etwas länger, als es eigentlich nötig gewesen wäre. Ein schrilles, genervtes »Zeutlhuber!« war die Reaktion darauf.

»Kriminalpolizei. Könnten Sie uns bitte reinlassen, Frau Zeutlhuber, wir bräuchten Ihre Hilfe.« Mit dem letzten Nachsatz hatte der Chefinspektor bewirkt, worauf er aus gewesen war. Der Türöffner wurde ohne weiteres Nachfragen aktiviert.

»Ah, der Herr Inspektor!«, begrüßte Frau Zeutlhuber, die bei Herta Maibichler angestellte Putzfrau, Meierhofer überschwänglich. Dieser reichte ihr die Hand, wobei er sich über den besonders kräftigen Händedruck der resoluten Dame wunderte.

»Guten Tag, Frau Zeutlhuber, so ein Glück, dass wir sie hier erwischen. Wir bräuchten, wie schon gesagt, dringend Ihre Hilfe.«

Frau Zeutlhuber war anzusehen, dass ihr der Gedanke, von der Kriminalpolizei gebraucht zu werden, gefiel. »Kein Problem, Herr Inspektor, ich helfe, wo ich kann. Schließlich ist das meine Bürgerpflicht. Worum geht's denn?«, erwiderte sie geschmeichelt.

Staudinger, der gemeinsam mit seinem Chef hierhergekommen war, während Brombspeidel im Büro die Stellung hielt, fischte einen in der Mitte gefalteten Computerausdruck aus seinem Notizblock.

»Frau Zeutlhuber, kennen Sie den Mann auf diesem Foto?«, fragte er trocken.

»Pfui Teufel, ist des a Leich?!«, entfuhr es Zeutlhuber, wobei sie das erste Mal in die Mundart verfiel.

Staudinger nickte, dann griff er nach einem weiteren Zettel, den er in seinem Notizbuch verwahrt hatte. Es handelte sich um das Phantombild Schönkirchners. »Schauen Sie sich lieber diese Zeichnung an, darauf sollten Sie den Mann besser erkennen können. Außerdem ist sie appetitlicher.«

Frau Zeutlhuber fing sich wieder. Konzentriert betrachtete sie das Phantombild. Vehement den Kopf schüttelnd, meinte sie schließlich: »Nein, den kenn ich nicht. Hab ich noch nie gesehen. Ist das leicht der, der im Blockhaus so brutal abgestochen worden ist?«

Meierhofer, der es nicht mochte, wenn Gerüchte in Umlauf gebracht wurden – und Frau Zeutlhuber schien ihm der Typ Mensch zu sein, der Gerüchten gegenüber nicht abgeneigt war –, schritt ein.

»Erstens wissen wir noch gar nicht, ob im Blockhaus überhaupt jemand mit einem Messer attackiert wurde, und zweitens wissen wir auch nicht, ob dieser Mann hier etwas mit der Sache zu tun hat. Beantworten Sie bitte einfach unsere Fragen, damit helfen Sie uns am meisten, Frau Zeutlhuber!«

Frau Zeutlhuber hatte verstanden. Heftig schüttelte sie ihren Kopf. »Nein, den kenn ich nicht. Gibt's sonst noch etwas?«

»Allerdings. Haben Sie diesen Teppich schon mal gesehen?«, fragte Staudinger, der einen dritten A4-Zettel aus seinem Notizblock gezaubert hatte, während er diesen der Putzfrau unter die Nase hielt.

Augenblicklich veränderte sich deren Gesichtsausdruck. Sie wirkte aufgeregt.

»Aber sicher, den Teppich hab ich schon tausendmal abgesaugt. Der liegt im Kaminzimmer im Blockhaus. Ist ein ganz exklusives Stück, sagt die Maibichler immer. Auf den muss ich besonders gut aufpassen. Ich weiß zwar nicht mehr, wo sie ihn genau herhat, aber er ist ein Einzelstück aus dem Ausland. Ein Urlaubssouvenir eben, ziemlich teuer, glaube ich.«

Meierhofer und Staudinger blickten einander an. Beide dachten das Gleiche: Wenn der Teppich für Herta Maibichler von so großer Bedeutung gewesen war, warum hatte sie dessen Fehlen am Tatort nicht bemerkt?

»Sind Sie ganz sicher, dass dieser Teppich im Kaminzimmer des Ferienhauses liegt?«, hakte der Chefinspektor nach.

Frau Zeutlhuber überlegte einen Moment, dann rief sie geschockt: »Herrgott, jetzt, wo Sie's sagen, fällt's mir wieder ein! An dem Tag, an dem ich das viele Blut gefunden hab, da war er nicht mehr im Kaminzimmer! Da war er weg! Aber davor, davor ist er sicher immer dort gelegen. Seit ein paar Jahren schon. Ich würde das Ding unter Tausenden erkennen, das schwör ich Ihnen, Herr Inspektor. Das Muster ist einzigartig, sagt die Maibichler immer, und die Farben auch. Nein, keine Frage, ich bleib dabei: Der Teppich war vor der blutigen Sauerei ganz sicher im Kaminzimmer!«

Meierhofer schmunzelte zufrieden, während Staudinger die Computerausdrucke wieder wegpackte.

»Danke, Frau Zeutlhuber, das war's schon. Sie haben uns sehr geholfen. Auf Wiedersehen!«

»Da bin ich aber froh, Herr Inspektor. Wenn mir noch was einfällt, melde ich mich bei Ihnen, ich hab ja Ihre Karte.«

»Machen Sie das, Frau Zeutlhuber, machen Sie das. Schönen Tag noch.«

*

Als Staudinger und Meierhofer zurück ins Büro kamen, wartete Brombspeidel dort bereits auf sie. Sie hatte einen jungen, sportlichen Mann im Schlepptau.

»Ah, Hans, endlich seid ihr da. Dieser Herr hier wartet schon eine halbe Stunde auf dich. Er möchte eine Aussage machen, wollte damit aber unbedingt auf dich warten«, erklärte die Revierinspektorin patzig. Anscheinend hätte sie die Aussage gerne selbst zu Protokoll genommen.

»Sind Sie also der Chefinspektor, der in dieser Blutbadgeschichte ermittelt? Ich habe auf Sie gewartet, weil in der Zeitung gestanden ist, dass Sie für den Fall zuständig sind. Ich hoffe, das ist in Ordnung. Ich hab etwas beobachtet, das man der Polizei nicht vorenthalten sollte«, sprudelte es aus dem Blonden, der das Zeug zum Dressman gehabt hätte.

Neugierig hob Meierhofer seine Augenbrauen. Ein Zeuge, der etwas beobachtet hatte? Er deutete dem Mann, Platz zu nehmen, und sagte dann: »Gut, lassen Sie uns in Ruhe von vorne beginnen! Sie heißen?«

»Lähm, mit Umlaut a. Tim Lähm, ich bin zweiundzwanzig Jahre alt und wohne in der Nähe des Blockhauses, in dem man das viele Blut gefunden hat.«

»In der Nähe? Aber das Haus liegt doch recht verlassen in den Weinbergen«, mischte Staudinger sich ein.

Lähm nickte. »Schon, aber ich mache jeden Abend eine etwas längere Joggingrunde, die mich immer wieder auch dorthin führt. Ich bin Model und muss sehr auf meinen Body achten. Das tägliche Laufen gehört also zu meinem Job, ein paar Kilometer sind gar nichts für mich.«

Meierhofer schmunzelte. Tatsächlich ein Dressman.

Staudinger, dem ihr Zeuge nicht besonders sympathisch zu sein schien, wandte ein: »Sie laufen also im Winter, abends, im Stockdunkeln durch die Weingärten? Das klingt etwas seltsam für mich, muss ich sagen.«

»Ich habe eine tolle Stirnlampe. Die stört mich beim Laufen nicht, und ich sehe alles, was ich sehen muss. Cross-Country-Lauf war schon immer mein Ding. Bereits als Schüler hab ich an Cross-Country-Wettbewerben teilgenommen. Ich bin ziemlich gut darin. Ausschließlich auf asphaltierten Wegen zu laufen, ist für mich keine Herausforderung. Das ist doch nur was für Anfänger«, erklärte Tim Lähm, süffisant schmunzelnd. Der junge Mann schien äußerst selbstbewusst zu sein. Kein Wunder, bei dem Aussehen.

»Nun gut, zurück zu unserem Fall«, lenkte Meierhofer das Gespräch wieder in die richtige Richtung. »Sie haben beim Blockhaus also etwas beobachtet. Wann haben Sie denn diese nennenswerte Beobachtung gemacht?«

»Das war am 12. Dezember«, antwortete Lähm, ohne zu überlegen, »am 12. Dezember, so gegen zwanzig Uhr. Ich weiß das so genau, weil ich am nächsten Morgen ein wichtiges Shooting hatte, auf das ich mich mit einer besonders intensiven Sporteinheit vorbereiten wollte. Ich war zuerst joggen, und dann hab ich noch mit Gewichten trainiert. Das Übliche halt. Um halb acht bin ich zu Hause losgelaufen, also muss es zirka acht gewesen sein, als ich am Blockhaus vorbeigekommen bin. Mir ist sofort aufgefallen, dass dort etwas anders war als sonst. Ich hab Schreie gehört.«

»Schreie?«, fragte der Chefinspektor gespannt nach.

»Ja, eine ziemlich schrille Frauenstimme und eine Männerstimme. Es hat geklungen, als würden die zwei miteinander streiten.«

»Und warum haben Sie nicht gleich die Polizei verständigt?«, fuhr Staudinger Tim Lähm an. Der biss zurück. »Wer ruft denn schon die Polizei, nur, weil ein Paar lautstark streitet? Da wären Sie ja nonstop im Einsatz. Ich hab mir anfangs nichts dabei gedacht. Erst, als ich in den Nachrichten von dem Blutbad gehört habe, ist mir bewusst geworden, dass diese lautstarke Auseinandersetzung etwas damit zu tun haben könnte.«

»Ist Ihnen sonst noch etwas aufgefallen?«, hakte Meierhofer nach.

Tim Lähm nickte.

»Allerdings. Als ich an dem Haus vorbeigelaufen bin, haben zwei Autos davor geparkt. Ich bin jetzt wirklich nicht neugierig oder so, aber mich hat der eine Wagen interessiert, weil ich auf teure Autos stehe. Eines der beiden hatte ein Wiener, das andere ein Grazer Kennzeichen. Der Wagen mit dem Grazer Kennzeichen war ein schwarzer BMW, so einen hätte ich später auch gerne, das andere Auto ein weißer Lieferwagen. Außerdem ist, als ich mich schon wieder vom Haus entfernt habe, ein drittes Auto vorgefahren. Es hatte ein KR-Kennzeichen und ist mir bekannt vorgekommen. Ich glaube, es hat schon öfters beim Blockhaus geparkt. War irgendetwas Großes. Ein Fiat Doblo, Skoda Yeti oder so – in einem hellen Farbton. Grau oder beige vielleicht. So genau hab ich das nicht erkannt.«

Staudinger und Brombspeidel machten sich eifrig Notizen, während Meierhofer sich ausschließlich auf Tim Lähms Mimik und Gestik konzentrierte. Der Mann schien ihnen die Wahrheit zu sagen. Welches Interesse hätte er auch daran, sie anzulügen?

Der Chefinspektor räusperte sich. »Gibt es sonst noch etwas, das Sie uns mitteilen wollen, Herr Lähm? Haben Sie vielleicht den Fahrer des Kremser Wagens erkannt?«

Der Zeuge schüttelte den Kopf. »Nein, ich hab ja zu diesem Zeitpunkt noch nicht gewusst, dass das wichtig sein könnte. Ich bin auch, wie schon erwähnt, grundsätzlich nicht so ein neugieriger Typ. Wichtig war mir nur, dass ich meine Trainingseinheit so rasch wie möglich absolviere. Ausreichend Schlaf ist vor einem Shooting nämlich genauso von Bedeutung wie intensives Training. Tut mir leid, aber mehr kann ich Ihnen über die Ereignisse im und um das Blockhaus an diesem 12. Dezember leider auch nicht sagen.«

Brombspeidel hatte noch eine Frage. »Herr Lähm, wissen Sie, was mich verwundert? Wie konnten Sie beim Joggen Stimmen hören? Heutzutage läuft doch praktisch jeder mit musikalischer Begleitung. Hatten Sie keine Stöpsel in den Ohren, als Sie am Blockhaus vorbeigelaufen sind?«

»Nein, hatte ich nicht«, erwiderte Lähm. »Der Akku meines iPods war leer, und mein Handy verwende ich grundsätzlich nicht als Musikwiedergabe-Gerät. Ich habe diese beiden Stimmen gehört, so viel ist sicher. Darf ich mich jetzt verabschieden? Mein nächstes Shooting steht in zwei Stunden an.«

»Natürlich dürfen Sie das. Vielen Dank für Ihre Hilfe, Herr Lähm.« Meierhofer reichte dem attraktiven jungen Mann seine Visitenkarte. »Bitte melden Sie sich, falls Ihnen doch noch etwas einfallen sollte!«

»Aber natürlich, Herr Inspektor«, erwiderte Tim Lähm freundlich.

Als der Mann nach seiner Jacke griff, konnte Meierhofer sich eine Frage nicht verkneifen: »Sind Sie hauptberufliches Model, Herr Lähm?«

Der Befragte schmunzelte wissend. »Na ja, wie man's nimmt. Ich finanziere mir so mein Jus-Studium.«

Der Chefinspektor nickte lächelnd. Das erklärte einiges.

KAPITEL 10

»Chef, das war gerade Frau Maibichler am Telefon. Du sollst bitte sofort zu ihr kommen, sie klingt aufgeregt«, unterbrach Brombspeidel die späte Kaffeepause ihres Vorgesetzten, der sich soeben einen Latte Macchiato und einen Krapfen gönnte.

»Hat sie gesagt, was sie von mir will?«, brummte dieser wenig erfreut.

Die Revierinspektorin schüttelte frustriert den Kopf. »Nein, hat sie nicht. Heute wollen alle nur mit dir persönlich sprechen. Anscheinend klinge ich nicht vertrauenswürdig genug. Fahrt ihr beide gleich oder erst nach der Kaffeepause?«

Meierhofer blickte Staudinger an, der nickte dezent. Er hatte verstanden.

Der Chefinspektor klatschte in die Hände.

»Wir zwei fahren gleich, schnapp dir deine Jacke, Eva! Beim Gespräch mit Frau Maibichler ist es sicher ganz gut, eine Frau dabeizuhaben. Hütest du bitte so lange das Telefon, Stefano? Außerdem solltest du dich vielleicht noch mal mit Paul kurzschließen. Möglicherweise gibt es bereits Neuigkeiten.«

»Mach ich doch gerne, Hans«, erwiderte Staudinger lächelnd. Er gönnte es Eva, dass es nun einmal sie war, die mit Meierhofer ausrücken durfte.

»Sicher, Chef?«, hakte diese ungläubig nach.
»Ganz sicher.«

*

»Danke, dass Sie gleich gekommen sind, Herr Chefinspektor. Ich mach mir solche Sorgen!«, begrüßte Herta Maibichler die beiden Kriminalbeamten völlig aufgelöst, noch bevor diese klingeln konnten. Anscheinend hatte sie an der Haustür auf Meierhofer gewartet.

»Beruhigen Sie sich erst mal, Frau Maibichler! Worum machen Sie sich Sorgen?«, erwiderte der Chefinspektor, während er und seine Kollegin der verzweifelten Frau ins Haus folgten.

»Um Alois, meinen Mann, natürlich. Er ist seit gestern Nacht weg. Nachdem er mit Ihnen gesprochen hat, haben wir gemeinsam noch ein Glas Wein getrunken, also, nur ich hab Wein getrunken, er ein alkoholfreies Bier, weil er ja Antialkoholiker ist. Alois hat mir von dem Gespräch mit Ihnen erzählt. Dann sind wir zu Bett gegangen. Als ich mitten in der Nacht aufgewacht bin, weil meine Blase mir zu schaffen gemacht hat, war er weg. Er und mein Auto.«

»Warum haben Sie sich nicht schon heute Morgen bei uns gemeldet, Frau Maibichler? Sie wissen doch sicher, dass Ihr Mann für uns erreichbar sein sollte«, fragte Brombspeidel scharf nach.

Herta Maibichler zuckte mit den Schultern.

»Ich weiß nicht, eigentlich hab ich mir keine großen Sorgen um den Alois gemacht. Er macht immer wieder mal Ausflüge, ohne mir vorher Bescheid zu geben.«

»Auch mitten in der Nacht?«, hakte die junge Revierinspektorin nach.

Die Befragte schüttelte den Kopf.

»Nein, natürlich nicht. Trotzdem war ich anfangs nicht wirklich beunruhigt. Es kommt, wie gesagt, schon mal vor, dass der Alois sich eine Auszeit vom Alltag nimmt. Meinen Wagen benutzt er dafür meistens, wenn ihm um sein eigenes Auto leid ist. Er findet, dass mein Auto nicht so vorsichtig behandelt werden muss wie seines. Weil es nicht so teuer war.«

»Welchen Wagen fahren Sie denn, Frau Maibichler?«, mischte Meierhofer sich ein.

»Einen beigen Skoda Yeti. Ein super Auto, wenn Sie mich fragen.«

Die beiden Kriminalbeamten blickten einander an. Beide dachten Sie an Tim Lähms vor Kurzem getätigte Aussage. Alois Maibichler wurde immer verdächtiger.

Der Chefinspektor räusperte sich und fasste dann zusammen: »Also gut, Ihr Mann ist mitten in der Nacht mit Ihrem Auto von zu Hause verschwunden. Sie waren dennoch nicht allzu beunruhigt, weil er schon des Öfteren, ohne Ihnen vorher Bescheid zu geben, abgehauen ist. Warum nun dennoch dieser Anruf bei uns? Was hat den Ausschlag dafür gegeben? Weshalb sind Sie nun doch beunruhigt?«

Frau Maibichler zog etwas aus Ihrer Hosentasche. Es handelte sich um ein sorgsam zusammengefaltetes Blatt Papier.

»Deshalb. Den habe ich vor einer Stunde im Briefkasten gefunden.« Mit zitternden Händen hielt sie Meierhofer den Zettel hin.

Der entfaltete diesen, wobei ihm seine junge Kollegin gespannt über die Schulter blickte.

Es handelte sich um eine in großen Lettern geschriebene Botschaft:

Wir wissen, was Alois getan hat. Er wird dafür büßen. Die blutige Tat muss gesühnt werden.

»Eine handschriftliche Drohbotschaft. Das nenne ich in der heutigen Zeit äußerst gewagt«, flüsterte Brombspeidel erstaunt.

*

Als Meierhofer an diesem Abend nach Hause fuhr, ging ihm vieles durch den Kopf. Momentan ging er davon aus, dass Alois Maibichler etwas mit Gustav Schönkirchners Ableben zu tun haben musste. Warum wäre er sonst untergetaucht? Aber woher wussten Dritte, was er getan hatte? Wie war der Drohbrief zu erklären? Steckte doch etwas ganz anderes hinter Alois Maibichlers Verschwinden?

»Was macht denn Mariannes Auto hier?«, flüsterte der Chefinspektor erstaunt, als er in seine Hauseinfahrt einbog. Heute hätten sie und Johanna nach Hause kommen sollen. Dass sie an ihrem ersten gemeinsamen Tag außerhalb des Krankenhauses gleich Oma und Opa besuchen würden, damit hatte er nicht gerechnet. Auch wenn er sich natürlich immer freute, seine Familie zu sehen, war ihm momentan nicht nach der Gesellschaft anderer zumute. Er brauchte Ruhe, um seine Gedanken zu ordnen und der Lösung ihres eigenartigen Kriminalfalles näherzukommen.

»Was ist denn hier los?!«, polterte Meierhofer, als er das Haus betrat und die Vielzahl an Koffern und Taschen erblickte, die sein Vorhaus blockierten.

Ein zweistimmiges »Sch! Johanna schläft!« war die einzige Antwort, die er bekam.

»Ich hab sie und Marianne einstweilen bei uns im Schlafzimmer einquartiert. Das macht dir doch nichts aus, Hans, oder? Lukas ist zu einem Freund gezogen, damit es hier nicht allzu eng wird. Wir beide machen es uns auf der Wohnzimmercouch gemütlich, bis die Sache überstanden ist.« Irene gab ihrem Mann einen Kuss auf die Wange. Der war mehr als verwirrt. Er verstand nur Bahnhof.

»Bis was genau überstanden ist?«, hakte er deshalb grantig nach. Wenn er etwas gar nicht leiden konnte, dann war das eine Nacht auf der Wohnzimmercouch. Es ging nichts über sein warmes, weiches, kuscheliges Bett.

Meierhofers bessere Hälfte sah ihren Gatten entgeistert an. »Aber du hast doch meine WhatsApp-Nachricht erhalten. Ich bin mir ganz sicher, dass da zwei blaue Hakerln waren.«

Der Chefinspektor spürte, wie sein Gesicht rot anlief. Während der Arbeitszeit klickte er Nachrichten seiner Frau zwar immer kurz an, damit sie das Gefühl hatte, dass sie ihm nicht egal war, das genaue Durchlesen der Botschaften verschob er aber meist auf den Feierabend. Heute hatte er in der Drohbriefaufregung ganz vergessen, Irenes WhatsApp-Nachrichten zu studieren. Ein schwerer Fehler.

Meierhofer wusste, dass Leugnen zwecklos war: »Sei mir nicht böse, Schatz, aber heute ist so viel passiert. Ich hatte keine Zeit, mich mit privaten Dingen zu beschäftigen. Also, sag schon, warum sind die Kinder hier?«

Marianne kam ihr zuvor.

»Wir hatten zu Hause einen Wasserrohrbruch. Weil Karl in der Arbeit, Lukas in der Schule und ich noch im Spital war, hat ihn viel zu lange keiner bemerkt. Das ganze Bad stand unter Wasser. Die Feuchtigkeit ist überall. Ich kann mit Johanna nicht im Haus bleiben, dabei habe ich mich schon so darauf gefreut, ihr endlich ihr Zimmer zu zeigen. Es tut mir leid, dass wir euch jetzt zur Last fallen, ich hab Mama eh gesagt, dass wir auch in ein Hotel ziehen können, aber das wollte sie nicht.«

»Und recht hat sie«, meinte Meierhofer bestimmt, während er seine schluchzende Tochter an sich drückte. »Mach dir keine Sorgen, Schatz, das kriegen wir schon wieder hin. Ihr könnt natürlich bleiben, solange es nötig ist. Für Johanna räume ich das Schlafzimmer gerne. Die Wohnzimmercouch ist zum Schlafen gar nicht so schlecht.«

Letzteres war gelogen, aber was sollte er denn sonst sagen? Leise seufzend schlurfte der Neunundfünfzigjährige in die Küche, um sich ein paar Brote zu streichen. Dass er auf seine alten Tage noch einmal Säuglingsnächte erleben würde, damit hatte er wahrlich nicht gerechnet.

*

Unruhig wälzte Meierhofer sich auf der Wohnzimmercouch hin und her. Es war mitten in der Nacht, er war hundemüde, aber konnte einfach keinen Schlaf finden. Irene war aufgestanden, um der völlig geschafften Marianne für eine Weile Johanna abzunehmen, die einen ähnlich schlechten Schlaf hatte wie ihr Großvater gerade. Ob das am Vollmond lag? Der Einzige, der Freude an der ungewohnten nächtlichen Situation hatte, war Einstein, der grundsätzlich nicht ins Bett durfte, auf die Wohnzimmercouch aber schon. Nun lag er neben dem

Chefinspektor und hechelte ihm zufrieden seinen nicht gerade frischen Hundeatem zu.

Meierhofer nutzte die Zeit, um über den Kriminalfall nachzudenken. Er wurde nicht schlau aus dem, was passiert war. Warum brachte jemand Gustav Schönkirchner, der in Wirklichkeit ganz anders hieß, in der Wachau um, entsorgte seine Leiche aber, im wahrsten Sinne des Wortes, auf einem Mistplatz in Wien? Stammte der Mörder aus Wien? War Alois Maibichler bis in die Bundeshauptstadt gefahren, um sein Opfer dort loszuwerden? Hatte er gehofft, so von sich ablenken zu können? Hätte er dann aber nicht den Teppich verbrannt? Oder ihn wenigstens getrennt von der Leiche an einem anderen Ort entsorgt? Ging sich das alles zeitlich überhaupt aus? Konnte es Alois Maibichler gewesen sein? Und wenn ja, hatte er dafür seinen Kombi oder den Skoda seiner Frau benutzt? Er musste unbedingt dafür sorgen, dass Maibichlers Auto durchsucht wurde. Das seiner Frau war ja leider, genau wie er selbst, verschwunden.

Was Meierhofer auch nicht aus dem Kopf wollte, war die Tatsache, dass Schönkirchner jahrelang unter einem falschen Namen in der Wachau abgestiegen war. So etwas tat man doch nicht, wenn man nichts zu verbergen hatte? Waren alleine seine Frauengeschichten Grund dafür gewesen, eine erfundene Identität anzunehmen? Das erschien dem Chefinspektor doch ein wenig übertrieben. Wer war Gustav Schönkirchner wirklich gewesen? Was hatte ihn in die Wachau gelockt? Waren es nur die schöne Landschaft, der gute Wein und die kulinarischen Köstlichkeiten gewesen, die ihn dazu bewogen hatten, gerade hier seine Urlaube zu verbringen? Oder hatte es sich gar nicht um Urlaube, sondern eher um Geschäftsreisen gehandelt? Was hatte er hier getan, außer auf Teufel komm raus zu flirten? Wie Meierhofer es auch drehte und wendete, das passte alles hinten und vorne nicht zusammen. Da war es wieder – oder besser gesagt, da war es wieder einmal nicht. Dieses Puzzleteil, das er brauchte, um verstehen zu können, was am 12. Dezember in dem Blockhaus in den Weingärten passiert war. Was passiert war und vor allem auch, warum es passiert war. Warum hatte jemand in dem Ferienhäuschen für ein widerwärtiges Blutbad gesorgt, danach die Leiche in einen Teppich gewickelt, in aller Ruhe das Vorhaus geputzt und sich auf eine Reise nach Wien begeben? Ein lautes, schrilles Geräusch riss Meierhofer aus seinen Gedanken. »Schau einer an, die Kleine kann ja doch schreien«, brummte er, bevor er sich von Einstein wegdrehte und versuchte, doch noch ein wenig Schlaf zu bekommen.

KAPITEL 11

»Morgen, Chef. Was ist denn mit dir passiert? Du schaust heute nicht gerade frisch aus. Hast du eine wilde Nacht hinter dir?«, neckte Brombspeidel den Chefinspektor, als dieser verschlafen die Außenstelle des Landeskriminalamts Niederösterreich betrat.

»Na ja, wie man's nimmt. Es ist tatsächlich eine junge Dame schuld an meinem Zustand. Allerdings eine sehr junge, die außerdem noch mit mir verwandt ist. Sie heißt Johanna und scheint, was das Schlafbedürfnis betrifft, nicht nach ihrem Großvater zu kommen«, konterte Meierhofer augenzwinkernd.

Staudinger, der seine *Stefano*-Tasse in den Händen hielt, fragte interessiert nach. »Johanna hat bei euch geschlafen? Wieso denn das? Gibt's Probleme zwischen Marianne und Karl? Ich dachte, das haben die beiden schon hinter sich.«

Der Gruppeninspektor sprach damit die Ehekrise an, die Meierhofers Tochter und ihr Mann vor einiger Zeit durchgemacht hatten. Gott sei Dank war die mittlerweile Geschichte.

»Nein, keine Sorge, bei Marianne und Karl ist alles in Ordnung bis auf den Wasserrohrbruch, den sie in ihrem Haus hatten. Die Feuchtigkeit wäre nichts für Johanna, deshalb sind das Zwergerl und seine Mutter einstweilen zu uns gezogen. Ich sag euch, so eine Babynacht bin ich wirklich nicht mehr gewohnt.« Der Chefinspektor steuerte zielstrebig auf die Kaffeemaschine zu, die ihm heute dringend durch den Tag helfen musste.

»Ein Grund mehr, warum es für mich Sinn macht, die Vermehrung noch hinten anzustellen«, murmelte Brombspeidel, während sie ihren Computer hochfuhr.

»Schönkirchners Phantombild ist übrigens draußen«, lenkte Staudinger die allgemeine Aufmerksamkeit wieder auf Berufliches. »Wie mit Paul besprochen, haben wir der Presse noch nicht gesteckt, dass eventuell ein Zusammenhang zwischen unserem Blutbad und seiner Leiche besteht. Außerdem haben wir entschieden, das Bild der jungen Begleitung Schönkirchners vorerst nicht zu veröffentlichen, um diese nicht zu warnen, falls sie etwas mit der Tat zu tun haben sollte. Sie soll sich ruhig in Sicherheit wiegen. Für uns ist momentan nur wichtig, dass wir herausfinden, wer Gustav Schönkirchner wirklich war. Nachdem die Zeichnung heute Morgen in allen wichtigen Tageszeitungen zu sehen sein sollte, rechnen wir spätestens in ein bis zwei Stunden mit den ersten Hinweisen. Paul weiß übrigens noch nichts über die Identität des Toten. Wir haben vorhin miteinander telefoniert. Er überlegt, ob er uns besucht, um unseren Tatort unter die Lupe zu nehmen. Keine Ahnung, was er sich dadurch erhofft, aber vielleicht macht das ja wirklich Sinn.«

Meierhofer zuckte mit den Schultern. »Warum nicht? Mich würde es freuen, ihn wieder einmal zu sehen. Aber warten wir mal ab, was sich im Laufe des Tages so ergibt. Eventuell besucht nicht er uns, sondern wir ihn. Falls Gustav Schönkirchner Verbindungen nach Wien hatte, wäre das durchaus möglich. Gibt's übrigens was Neues in Sachen Alois Maibichler?«

Brombspeidel und Staudinger schüttelten gleichzeitig die Köpfe. Dann berichtete die Revierinspektorin: »Nein, ich hab vorhin bei Herta Maibichler nachgefragt. Ihr Mann ist immer noch nicht aufgetaucht. Neuen Drohbrief hat sie auch keinen bekommen. Der Brief wird übrigens gerade auf Fingerabdrücke etc. untersucht. Frau Maibichler klang am Telefon ziemlich verzweifelt. Ich denke, dass sie sich wirklich ernsthafte Sorgen um ihren Mann macht. Anscheinend geht sie nicht davon aus, dass er freiwillig das Weite gesucht hat. Sie glaubt wohl nicht, dass er etwas mit dem Verbrechen im Blockhaus zu tun haben könnte.«

»Da ist sie momentan aber die Einzige«, murmelte Staudinger, der sich gerade seinen E-Mails widmete.

*

»Hab ich's nicht gesagt? Den Schönkirchner hat's wirklich erwischt. Schau dir das an, das ist er doch!«

»Scheiße, ja, das ist ganz sicher der Schönkirchner. Kein Wunder, dass er nicht mehr auf unsere Nachrichten reagiert.«

»Ich glaub, wir müssen uns nach einem anderen Partner umsehen. Die Sache ist für uns gegessen. Schade, hat gut funktioniert.«

»Nach einem anderen Partner umsehen?! Wir sollten uns in der nächsten Zeit einfach nur ruhig verhalten. Ich hab keinen Bock drauf aufzufliegen, nur, weil der Schönkirchner nicht vorsichtig genug war. Noch mal geh ich nicht in den Häfn.«

*

Wie Staudinger prophezeit hatte, dauerte es nicht lange, bis die Veröffentlichung des Phantombildes Wirkung zeigte. Augenscheinlich hatte es sich ausgezahlt, diesen Schritt zu gehen.

»Hans, wir wissen jetzt vermutlich, wer unser Mann ist. Mittlerweile haben wir Dutzende Hinweise, die alle in die gleiche Richtung gehen. Anscheinend ist er ein Antiquitätenhändler aus Wien. Viele seiner Kunden haben sich bei uns gemeldet, außerdem sein Geschäftspartner. Gustav Schönkirchner war im echten Leben ein gewisser Wilfried Palt, wenn man den Hinweisen Glauben schenken darf. Paul kümmert sich, so rasch es geht, um einen DNA-Abgleich. Die DNA des Toten vom Mistplatz und die des im Blockhaus gefundenen Blutes stimmen übrigens überein. Langsam lichtet sich der Nebel.« Den Gruppeninspektor hatte eine Euphorie gepackt, die ansteckend war.

Meierhofer klatschte in die Hände. »Gut, dann auf nach Wien! Deine Chance, die Bundeshauptstadt in der Vorweihnachtszeit zu erleben, ist gekommen, Eva.«

»Super, hoffentlich geht sich ein Glühwein am Rathausplatz aus.«

*

»Hans! Stefano! Schön, euch beide zu sehen«.

Chefinspektor Paul Zöller, ein großer, schlanker, blonder Mann Anfang vierzig, dessen blaue Augen hinter einer schwarzen Brille hervorblitzten, schüttelte seinen beiden Kollegen ehrlich erfreut die Hände, bevor er sich Eva Brombspeidel zuwandte. »Und Sie müssen Eva sein. Freut mich sehr, Hans hat schon viel von Ihnen erzählt.«

»Natürlich nur Positives«, setzte Meierhofer grinsend nach.

»Unglaublich, dass uns das Schicksal so schnell wieder zueinander führt, meint ihr nicht? Kann ich euch etwas anbieten? Einen Kaffee und ein bisserl Weihnachtsbäckerei vielleicht?« Zöllers Wiener Akzent war nicht zu überhören. Er verlieh ihm einen besonderen Charme. Da Meierhofer und seine Kollegen während der Fahrt einen Abstecher in den Drive-in einer bekannten Fast-Food-Kette gemacht hatten, lehnten sie Zöllers Angebot dankend ab. Sie waren zum Arbeiten hier. Alles, was sie momentan interessierte, war, in ihrem Fall weiterzukommen.

Zöller nickte verständnisvoll. »In Ordnung. Dann schlage ich vor, wir statten Wilfried Palts Geschäftspartner einen Besuch ab. Der Mann heißt Gustav Gut.«

»Gustav Gut?! Was haben sich seine Eltern nur dabei gedacht?!«, entfuhr es Brombspeidel.

Chefinspektor Zöller schmunzelte. »Es kommt noch besser. Unserem Toten und seinem Partner gehört der Antiquitätenladen *(P)alt und Gut*.«

»Es geht doch nichts über eine gepflegte Runde Wortwitz«, meinte Staudinger.

Meierhofer runzelte die Stirn. »Mich macht daran etwas ganz anderes stutzig. Wilfried Palt hat sich in der Wachau als Gustav Schönkirchner ausgegeben, und sein Geschäftspartner heißt tatsächlich Gustav. Das ist doch seltsam, findet ihr nicht auch?«

»Vielleicht fand er es einfach witzig?«, konterte Brombspeidel.

»Wie auch immer, es ist sicher eine gute Idee, diesen Herrn

Gut persönlich kennenzulernen. Also, worauf warten wir noch?«

*

Herta Maibichlers Hände zitterten. Um sie herum begann sich alles zu drehen. Warum war sie nur zum Briefkasten gegangen? Hätte sie es nicht einfach bleiben lassen können? Sie vermutete zwar, dass Alois Dreck am Stecken hatte, aber das hatte er nicht verdient.

Einmal ein Verbrecher, immer ein Verbrecher. Alois wird noch bereuen, dass er sich die Hände schmutzig gemacht hat. Das Blut für immer abzuwaschen, ist unmöglich.

*

Der Antiquitätenladen *(P)alt und Gut* war schon auf den ersten Blick ein echtes Schmuckkästchen. In einer kleinen Seitengasse gelegen, strahlte das alte Gebäude, in dessen Erdgeschoss er lag, pure Geschichtsträchtigkeit aus. Es hatte im Laufe der Jahrzehnte und Jahrhunderte wohl schon so einiges erlebt. Auch das liebevoll gestaltete nostalgische Ladenschild sah aus, als stammte es aus einer anderen Zeit. Wilfried Palt hatte sein Geschäft anscheinend bestens verstanden.

Der Laden wirkte auf den ersten Blick leer. Erst der Klang der Türglocke bewegte einen kleinen, weißhaarigen, knochigen Mann dazu, aus einem Hinterzimmer in den Verkaufsraum zu schlurfen.

»Sie wünschen?«, fragte er dabei mit erstaunlich kräftiger Stimme.

Zöller zog seinen Ausweis. »Chefinspektor Zöller von der Wiener Kriminalpolizei. Das sind meine Kremser Kollegen Chefinspektor Meierhofer, Gruppeninspektor Staudinger und Revierinspektorin Brombspeidel. Hätten Sie einen Moment Zeit für uns?«

Ein Lächeln huschte über das Gesicht des betagten Mannes. »Brombspeidel, und ich dachte, ich hätte einen eigenwilligen Namen … Aber natürlich habe ich Zeit für Sie. Ich sperre nur schnell den Laden zu.«

Schnell war in diesem Fall eher relativ.

»Sie kommen sicher wegen der Sache mit Wilfried. Ewig schad um ihn. Er war noch so jung«, begann Gustav Gut das Gespräch, nachdem er das Schild an der Ladentür von *Geöffnet* auf *Geschlossen* gewendet hatte.

»Sie wissen Bescheid?«, hakte Zöller überrascht nach.

Der alte Mann zuckte mit den Schultern. »Na ja, das Phantombild in der Zeitung war ja mehr als eindeutig. Das und der Leichenfund auf dem Mistplatz. Ich hab einfach eins und eins zusammengezählt. Dazu muss man kein Kommissar sein.«

»Wie alt war Herr Palt denn?«, fragte Brombspeidel neugierig. Sie hatte in Erinnerung, dass man Gustav Schönkirchner als um die siebzig beschrieben hatte, und wunderte sich, dass Gustav Gut ihn für viel zu jung zum Sterben hielt.

»Zweiundsiebzig, junges Fräulein, im Vergleich zu meinen fünfundachtzig also ein wahrer Jungspund. Heutzutage ist das doch kein Alter«, erwiderte Herr Gut oberlehrerhaft.

Brombspeidel überging das *junge Fräulein* und deutete ihren Kollegen mit einem Kopfnicken, das ebenso zu tun. Dann sagte sie: »Müssen Sie den Laden hier momentan ganz alleine schmeißen?«

Gustav Gut nickte. »Ja, leider. Normalerweise hat Wilfried, wenn er auf Geschäftsreise gegangen ist, immer dafür gesorgt, dass er eine Vertretung bekommt, die mir während seiner Abwesenheit aushilft. Dieses Mal war das eine bezaubernde junge Dame, aber die hat mich schon nach den ersten Tagen ohne Wilfried ebenfalls im Stich gelassen. Jetzt muss ich schauen, wie ich über die Runden komme.«

»Sie meinten gerade, Wilfried wäre auf Geschäftsreise gegangen?« Staudinger hatte sein Notizbuch gezückt und wartete gespannt auf die Antwort seines Gegenübers.

Gut schien erstaunt über die Frage. »Ja, natürlich, Wilfried geht immer wieder auf Geschäftsreisen. Er tingelt dann auf der Suche nach Antiquitäten durch ganz Österreich.«

»Wann macht er denn diese Reisen für gewöhnlich?«, hakte Meierhofer nach.

»Eigentlich immer im Frühling und im Herbst. Dass er dieses Mal vor Weihnachten eine weitere Tour machen wollte, hat mich gewundert, aber er meinte, es wäre wichtig. Das Geschäft läuft an sich sehr gut, müssen Sie wissen. Das ist aber vor allem Wilfrieds Gespür für Antiquitäten zu verdanken. Er weiß, was die Kunden wollen. Ich habe also seine Entscheidung, nun eine weitere Geschäftsreise zu machen, nicht infrage gestellt. Seit einigen Jahren nehme ich mich geschäftlich ohnehin immer mehr zurück. Ursprünglich war das mein Laden, Wilfried hat bei mir als Lehrling angefangen, aber irgendwann wurde er mein Partner. Damals haben wir auch den Namen des Ladens geändert. *(P)alt und Gut* war doch eine großartige Idee, meinen Sie nicht? Mittlerweile besitzt Wilfried den Großteil der Anteile am Geschäft, und das ist auch gut so … Oder war gut so. Ewig schade um den Wilfried. Er war noch so jung.«

Meierhofer, Staudinger und Brombspeidel hatten einander während Gustavs Guts Worten nur ansehen müssen, um zu wissen, dass sie dasselbe dachten. Nur Zöller, der über Wilfried Palt alias Gustav Schönkirchner noch nicht so genau Bescheid wusste, ahnte nichts. Ihn interessierte ein völlig anderer Lebensbereich ihres Opfers. »Was können Sie uns denn über Wilfried Palts Familie erzählen, Herr Gut?«

»Das ist ein schwieriges Kapitel, Herr Inspektor. Wilfried ist ein fescher Mann, dem die Frauen immer in Scharen hinterhergelaufen sind, und das, obwohl er schon sehr jung geheiratet hat. Seine Frau, die Mathilda, war eine Schreckschraube, wenn Sie mich fragen. Kein Wunder also, dass er nicht alle Avancen, die ihm andere Frauen gemacht haben, ignoriert hat. Ich hätte es an seiner Stelle genauso gemacht.« Gustav Gut lächelte wissend.

Staudinger blickte von seinem Notizbuch auf. »Warum *war* seine Frau Mathilda eine Schreckschraube?«

Gustav Gut wusste nicht, worauf der Gruppeninspektor hinauswollte. »Wie bitte?«

»Na ja, Sie sagten, dass Wilfried Palts Ehefrau eine Schreckschraube war, nicht ist. Ist sie tot?«

»Allerdings, das ist sie. Ihre Eitelkeit ist ihr zum Verhängnis geworden«, antwortete Gustav Gut zynisch.

»Hat sie eine Schönheits-OP nicht überlebt?«, riet Zöller.

Der Antiquitätenhändler schüttelte den Kopf.

»Nein, sie ist die Treppen runtergefallen, weil sie ihre Brille nicht aufgesetzt hat. Genickbruch. Das ist erst vor ein paar

Wochen passiert.«

»Und wie hat Herr Palt das verkraftet?« Meierhofer mochte sich gar nicht vorstellen, wie es war, seine Frau zu verlieren. Ohne sein Irenchen wäre er nicht lebensfähig.

Gustav Guts Lächeln bekam nun etwas Schmutziges. »Es war ihm eine Flasche Champagner wert. Gleich nach dem Begräbnis haben wir uns die gegönnt. Natürlich nicht vor den Augen seines Sohnes. Der hätte das wahrscheinlich nicht sehr amüsant gefunden. Der Junge war, solange die Alte gelebt hat, ein echtes Muttersöhnchen. Trotz seiner mittlerweile fünfzig Lenze.«

Meierhofer hatte in diesem Moment große Mühe, seinem Gegenüber nicht offen zu zeigen, was er von ihm und seinem verstorbenen Geschäftspartner hielt, dennoch ließ er sich sein Missfallen nicht anmerken und fragte ruhig: »Ist dieser Sohn Wilfried Palts einziges Kind?«

»Ja, Philipp ist Wilfrieds einziger Sohn. Tochter hat er keine. Leider hat Philipp nicht das geringste Interesse daran, ins Antiquitätengeschäft einzusteigen. Er hält sich für was Besseres, der Herr Architekt ... Seien Sie mir nicht böse, aber ich bin plötzlich sehr müde. Könnten wir unser Gespräch ein andermal weiterführen?«

Zöller blickte seine Kollegen an, die stumm nickten.

»Kein Problem, Herr Gut, danke für Ihre Hilfe, Sie haben uns fürs Erste sehr geholfen.«

»Gern geschehen. Versprechen Sie mir eines, junger Mann. Finden Sie Wilfrieds Mörder!«

»Wir tun unser Bestes, Herr Gut. Auf Wiedersehen.«

»Habe die Ehre.«

KAPITEL 12

»Wir sind uns doch einig, dass Wilfried Palts Dienstreisen einem illegalen Zweck dienten? Warum hätte er seinen Geschäftspartner und Mentor sonst angelogen?« Staudinger, der es nicht gewohnt war, auf dem Rücksitz eines Autos zu sitzen, verdrehte die Augen, als Zöller den Wagen, wie er fand, viel zu vorsichtig in eine Kurve lenkte. Es war kälter geworden, und einige Schneeflocken tanzten vom Himmel. Bald würde hier, in der vorweihnachtlich illuminierten Hauptstadt, das alljährliche Wintereinbruchs-Verkehrschaos herrschen. Selbst die Winterreifenpflicht änderte an dieser in mit Schneefall eher gesegneten Bundesländern gerne belächelten Tradition nichts.

»Wisst ihr, was ich glaube?« Meierhofer krallte sich am Griff über der Beifahrertür fest, wie er das sonst nur tat, wenn Staudinger am Steuer saß. »Ich denke, dass unser Antiquitätenhändler seine besonderen Schmuckstückchen von undurchsichtigen Quellen bezogen hat.«

»Denkst du an Diebesgut, Chef?«, fragte Brombspeidel nach.

»Das liegt doch nahe. Herta Maibichlers Blockhaus war anscheinend der Ort, den Palt und seine Lieferanten für die illegalen geschäftlichen Transaktionen gewählt haben. Wahrscheinlich, weil ein Ferienhaus in der Wachau nicht unbedingt als der klassische Umschlagplatz für Diebesgut gilt.«

Staudinger hielt die Luft an, als Zöller einem vor ihm plötzlich abbremsenden Audi gefährlich nahe kam. Dann meinte er: »Gustav Gut hat da diese Bemerkung gemacht. Dass Wilfried Palt genau gewusst hätte, was seine Kunden wünschten. Kann doch sein, dass er gezielt Aufträge angenommen hat, die nur über den Umweg des Diebstahls erledigt werden konnten. Vielleicht war er der Drahtzieher, der hinter den fürs bestens laufende Geschäft nötigen Einbrüchen stand.«

Brombspeidel, die es nicht mochte, wenn ihr Kollege sich unnötig kompliziert ausdrückte, unterbrach den Gruppeninspektor. »Auf gut Deutsch denkst du, dass Wilfried Palt ein Hehler war.«

»Sag ich doch«, erwiderte Staudinger patzig.

»Glaubt ihr, dass diese illegalen Tätigkeiten Wilfried Palt zum Verhängnis geworden sind?« Chefinspektor Zöller warf einen fragenden Blick in den Rückspiegel.

»Das wäre nicht unwahrscheinlich«, entgegnete Meierhofer, »vielleicht hat er es sich mit seinen Lieferanten verscherzt. Möglicherweise fühlten sie sich von ihm um Geld betrogen, verraten, unfair behandelt. Oder aber er wollte die Geschäftsbeziehungen beenden, jemanden auffliegen lassen, den Anbieter wechseln. Vielleicht hat er auch einen seiner Partner erpresst und das mit dem Leben bezahlt. Wer sich auf Geschäfte mit skrupellosen Einbrechern einlässt, darf nicht davon ausgehen, dass diese gefahrlos über die Bühne gehen.«

»Glaubt ihr, dass die Maibichlers gewusst haben, was in ihrem Blockhaus vor sich geht?«, warf Brombspeidel ein.

Meierhofer schüttelte den Kopf. »Das kann ich mir nicht

vorstellen. Ich denke, sie waren ehrlich erstaunt darüber, dass Gustav Schönkirchner gar nicht der war, für den sie ihn gehalten haben. Allerdings frage ich mich, welche Rolle Alois Maibichler und sein seltsames Verschwinden in der Sache spielen, wenn es tatsächlich so ist, dass ein Zwist unter Verbrechern hinter dem Blutbad steht. Vielleicht haben wir ihm Unrecht getan und ihn schuldlos verdächtigt?«

»Ich weiß nicht. Ganz so unschuldig kam er mir bei unserem letzten Gespräch eigentlich nicht vor, unser extrem eifersüchtiger Vorbestrafter«, meinte Staudinger skeptisch.

Der Kremser Chefinspektor runzelte die Stirn. »Beziehungstat oder das Ergebnis schiefgelaufener illegaler Geschäfte? Möglich und wahrscheinlich wäre beides. Wissen wir eigentlich schon Genaueres über die Tatwaffe, Paul?«

»Nein, leider. Messer dürfte es keines gewesen sein. Meine Kollegen tun ihr Bestes, um herauszufinden, womit man Stichverletzungen wie die vorliegenden verursachen kann. Sobald sie etwas wissen, geben sie mir Bescheid. Das Einzige, was sie, dank der Bilder eures Tatorts, mittlerweile mit Sicherheit sagen können, ist, dass unser Toter von einem Linkshänder oder einer Linkshänderin, der oder die etwa seine Größe hatte, erstochen worden ist.«

»Ist es noch weit bis zu Philipp Palts Wohnung? Ich bräuchte dringend eine Toilette«, seufzte Brombspeidel mit Blick auf den Stau vor sich.

»Na, das nenne ich einen gekonnten Themenwechsel«, spottete Staudinger.

»'Tschuldigung«, erwiderte die Revierinspektorin kleinlaut.

Zöller lachte auf. »Keine Sorge, Eva. Wir sind gleich da. Ich bin schon gespannt auf diesen Philipp Palt. Auf ihn und auf seine Sicht der Dinge.«

Meierhofer, der an Gustav Guts gefühlskalte Aussagen über Mathilda Palt denken musste, nickte zustimmend. »Allerdings, das bin ich auch.«

*

Philipp Palt hatte optisch so gar nichts von dem Mann, den sie für ihren Toten hielten. Er war klein, etwas pummelig, hatte auffällige Geheimratsecken und eine etwas zu große Nase. Vom Frauenschwarm, der sein Vater angeblich gewesen war, war er also auf den ersten Blick meilenweit entfernt. Anscheinend kam er eher nach seiner Mutter.

»Philipp Palt? Kriminalpolizei. Mein Name ist Zöller. Das hier sind Kollegen aus Krems. Haben Sie eine Minute für uns?« Zöller hielt Herrn Palt, der nicht überrascht schien, die Kriminalpolizei im Haus zu haben, seinen Dienstausweis unter die Nase.

»Natürlich, kommen Sie nur rein! Ich hab schon damit gerechnet, dass Sie bei mir anrufen oder vorbeischauen. Das Phantombild in der Zeitung heute Morgen – das war mein Vater, habe ich recht?«

Meierhofer nickte stumm, während Zöller antwortete: »Wir gehen davon aus. Wenn Sie die Leiche Ihres Vaters identifizieren könnten, wäre uns aber sehr geholfen. Wären Sie dazu bereit?«

»Aber natürlich«, erwiderte Philipp Palt, ohne zu zögern. »Das ist doch selbstverständlich. Ich hab mich schon gewundert, dass ich so lange nichts von meinem Vater gehört habe.

Aber seit dem Tod meiner Mutter war er ein Schatten seiner selbst. Ihr plötzliches, unerwartetes Ableben hat ihn komplett aus der Bahn geworfen. Ich bin also davon ausgegangen, dass er irgendwo seine Ruhe gesucht hat, um alleine trauern zu können.«

Die Inspektoren blickten einander kurz an. Das klang anders als das, was Gustav Gut ihnen über die Beziehung zwischen Mathilda und Wilfried Palt erzählt hatte.

»Standen sich Ihre Eltern denn sehr nahe?«, fragte Staudinger nach.

»Was ist denn das für eine Frage?! Selbstverständlich standen sie einander nahe. Sie waren schließlich seit Jahrzehnten ein Paar!« Philipp Palt blickte den Gruppeninspektor strafend an. Der verbiss sich einen nüchternen Kommentar und ließ stattdessen Meierhofer den Vortritt. »Sie wussten also nicht, dass Ihr Vater sich auf einer Geschäftsreise befand?«

Ehrlich erstaunt antwortete Herr Palt: »Geschäftsreise? Nein, er ging doch normalerweise nur im Frühjahr und Anfang Herbst auf diese Reisen. Wer hat Ihnen denn das erzählt? Etwa Gustav Gut? Dem alten Mann dürfen Sie kein Wort glauben. Er ist schon seit Jahren senil. Bringt alles durcheinander.«

»Hat Ihr Vater je Urlaub in der Wachau gemacht?«, mischte sich nun Brombspeidel in das Gespräch ein.

Vehement schüttelte der Befragte den Kopf. »Urlaub in der Wachau? Als Wiener? Nein, sicher nicht. Meine Eltern bevorzugten Fernreisen. Asien, Südamerika, Australien, das war ihre Welt. Alleine wäre mein Vater übrigens nie verreist. Außer geschäftlich natürlich.« »Wissen Sie denn, wohin ihn seine Geschäftsreisen geführt haben?«, fragte Meierhofer.

»Also ganz sicher nicht in die Wachau. Ich glaube, er war meistens im Ausland unterwegs. Italien, Schweiz, Deutschland, Frankreich, Spanien. Er wollte seinen Kunden eben immer etwas ganz Besonderes bieten.« Schweißperlen bildeten sich auf Philipp Palts Stirn. War er etwa nervös? Staudinger zog das Phantombild der vermeintlichen Geliebten des Verstorbenen aus der Tasche und zeigte es dessen Sohn. »Haben Sie diese Frau vielleicht schon mal gesehen?«

Philipp Palt antwortete wie aus der Pistole geschossen. »Nein, noch nie.« Dann ergänzte er pikiert: »Was hat diese junge Dame denn mit meinem Vater zu tun? Denken Sie etwa, dass er eine Freundin hatte? Das ist doch lächerlich!«

»Nein, natürlich nicht, Herr Palt«, beruhigte Meierhofer ihn. »Mein Kollege musste Ihnen das Bild aus ermittlungstechnischen Gründen zeigen. Es handelt sich um eine reine Formsache.«

Philipp Palt entspannte sich sichtlich. Er zögerte eine Weile, bevor er weitersprach. »Wie ist mein Vater eigentlich gestorben? Alles, was ich bis jetzt weiß, ist, dass er, in einen Teppich eingewickelt, auf einem Mistplatz gefunden wurde.«

Chefinspektor Zöller sah ihm direkt in die Augen. »Seien Sie uns nicht böse, Herr Palt, aber solange wir nicht mit hundertprozentiger Sicherheit wissen, dass es sich bei dem Toten um Ihren Vater handelt, möchte ich dazu nichts sagen.«

»Ich verstehe«, murmelte Palt, »dann lassen Sie es uns doch bitte gleich hinter uns bringen! Kann ich die Leiche noch heute sehen?«

»Aber natürlich. Wenn das Ihr Wunsch ist. Ich kümmere mich sofort darum.« Zöller zog sein Handy aus der Hosentasche und wählte die Nummer der Gerichtsmedizin.

*

Entsetzt blickte Herta Maibichler auf das, was sie eben gefunden hatte. In Alois' Werkstatt, sorgsam versteckt. Davon durfte die Polizei auf keinen Fall erfahren. Hatte Alois etwa doch mit Gustav Schönkirchners Verschwinden zu tun? War ihr Mann ein Mörder? War er deshalb untergetaucht? Aber er hatte doch diese Therapie gemacht und das Trinken aufgegeben! Es war doch besser geworden! Tränen rannen der sonst so fröhlichen Frau über die Wangen, als sie hektisch versuchte, ihren Fund noch ein bisschen besser zu verbergen. Sie würde eine Nacht darüber schlafen und dann entscheiden, was sie damit tun sollte. Denn eines war klar: Sie musste diesen Fund loswerden.

*

Brombspeidel wanderte nervös den steril wirkenden Gang auf und ab. Sie und die Gerichtsmedizin würden nie Freunde werden. Überhaupt hatte sie für heute mehr als genug von der Bundeshauptstadt, mochte sie auch noch so beeindruckend sein.

»Chef, ich glaube, wir sollten nach Hause fahren. Herta Maibichler hat vor einigen Stunden die Kollegen rebellisch gemacht, weil sie eine weitere Drohbotschaft erhalten hat. Auf der ersten haben unsere Leute nichts gefunden, aber vielleicht ergibt ja die Analyse des zweiten Briefes mehr. Wir werden also eventuell zu Hause gebraucht. Außerdem ist es schon verdammt spät. Es sei denn natürlich, du möchtest lieber in Wien übernachten. In einem Hotel wäre es derzeit sicher ruhiger als bei dir zu Hause.«

Meierhofer antwortete süffisant: »Na, was ist denn los, Eva? Hat unser Mädel aus dem Waldviertel etwa genug von der großen Stadt?«

Gut, dass er nicht wusste, dass er mit dieser Annahme ins Schwarze getroffen hatte. Die Revierinspektorin zwang sich zu einem Grinsen. »Nein, ich bin nur sauer, weil aus dem Glühwein am Rathausplatz nichts geworden ist.«

»Ich denke auch, dass es für heute reicht«, meinte Staudinger. »Warten wir noch ab, was die Leichenbeschau ergibt, dann brechen wir auf. Momentan kommen wir hier nicht weiter. Ich würde die Nacht auch gerne in meinem Bett verbringen. Was meinst du, Hans?«

Der Chefinspektor nickte, während er den Kaffeeautomaten vor seiner Nase genau inspizierte. »Ihr habt ja recht. Glaubt ihr, der Kaffee hier heißt etwas? Es gibt sogar einen Latte Macchiato.«

Brombspeidel zuckte mit den Schultern. »Keine Ahnung, Chef. Ich denke, du musst es drauf ankommen lassen. Allerdings ohne mich. Mir vergeht hier in der Gerichtsmedizin jeglicher Gusto.«

»Und das will was heißen«, neckte Staudinger seine Kollegin.

Im selben Moment betraten Paul Zöller und Philipp Palt den Gang. Letzterer war weiß wie die Wand. Zöller nickte nur.

»Mein Beileid, Herr Palt.« Meierhofer drückte dem Trauernden mitfühlend die Hand. Innerhalb weniger Wochen beide Elternteile zu verlieren, war schrecklich. Egal, wie alt man war.

KAPITEL 13

Gegen Mitternacht kam Meierhofer gerädert nach Hause. Jeder Millimeter seines Körpers verlangte schmerzend nach seinem Bett. Es dauerte einen Moment, bis dem Chefinspektor bewusst wurde, dass er das Flehen seines Körpers ignorieren und sich auf die Wohnzimmercouch begeben musste. Gähnend schlüpfte Meierhofer aus seinen Schuhen. Gleichzeitig versuchte er, Einstein davon abzuhalten, ihn so überschwänglich und lautstark wie sonst zu begrüßen. Bis auf den kleinen Malteser rührte sich nämlich nichts im Haus, und das sollte auch so bleiben.

Einen Moment lang überlegte der Kriminalbeamte, ob er noch einen Abstecher in die Küche machen sollte, entschied sich dann aber dagegen. Heute hatte er zweimal Fast Food gehabt – Burger, Pommes und Softdrinks in reichlichem Ausmaß –, das musste genügen. Das Einzige, was er an diesem Tag nicht bekommen hatte, war ein vernünftiger Latte Macchiato, aber dafür war es nun wirklich schon zu spät.

Auf Socken schlich Meierhofer ins Bad. Dort bestaunte er die klitzekleine rosafarbene Babybadewanne, die heute Morgen noch nicht an dieser Stelle gestanden hatte. Außerdem die mit violetten und gelben Eulen übersäte Wickelauflage, den dicken Stoß Windeln, den neuen Heizstrahler und die unzähligen Toilettenartikel, die seiner erst ein paar Tage alten Enkelin zu gehören schienen. Er konnte sich nicht daran erinnern, dass sie damals für Marianne auch so viel Zeug gebraucht hatten. Vergaß man das nur, oder war das Babykriegen mittlerweile zu einem eigenen Wirtschaftszweig geworden?

So leise es ihm möglich war, putzte der Chefinspektor sich die Zähne. Wie lange es wohl noch dauern würde, bis er diese zur Reinigung einfach in ein Glas legen konnte? Dann wusch er sich oberflächlich. Fürs Duschen war er einerseits zu müde, andererseits bestand die Gefahr, dass er Johanna damit aufwecken würde. Und wenn ihm eines aus seiner Zeit als Papa in Erinnerung geblieben war, dann die Tatsache, dass es nicht besonders klug war, ein schlafendes Baby zu wecken.

Verflixt! Er hätte einen frischen Pyjama gebraucht. Aber der befand sich im Schlafzimmer. Zum Glück war Meierhofer einer dieser Männer, denen ohnehin nie richtig kalt wurde. Also beschloss er, sich einfach in der bereits vorgewärmten Unterwäsche niederzulegen, auch wenn das nicht besonders appetitlich war.

Gähnend trat der Chefinspektor den Weg ins Wohnzimmer an. Er konnte es mittlerweile gar nicht mehr erwarten, sich auszustrecken, zuzudecken und in den seligen Schlaf der Gerechten versinken. Couch hin oder her.

Bereits als er die Wohnzimmertür öffnete, wusste Meierhofer, dass er sich den Schlaf der Gerechten fürs Erste abschminken konnte.

Das Wohnzimmersofa war bereits besetzt. Auf der einen Seite der ausgezogenen Bettcouch lag Irene, die im Schlaf noch immer bezaubernd aussah, auf der anderen eine junge Dame, der sie dennoch nicht annähernd das Wasser reichen konnte. »Na, passt du auch gut darauf auf, dass deine Oma genügend Schlaf bekommt, Johanna?«, flüsterte Meierhofer dem kleinen, friedlich schlummernden Wesen zu. Dann machte er sich auf die Suche nach dem Schlafsack, den er schon Jahre nicht mehr benutzt hatte.

»Kommst du mit mir in den Keller, Einstein?«

Das ließ sich der Malteser nicht zweimal sagen. Schwanzwedelnd folgte er seinem Herrchen in den Hobbykeller, wo dieses, eingewickelt in seinen alten Schlafsack, auf einer der Sonnenliegen, die dort überwinterten, schließlich doch noch einschlief.

*

»Mein Gott, Hans, wie siehst du denn aus?!«, begrüßte Meierhofers bessere Hälfte ihren Gatten am nächsten Morgen.

»Na ja, so, wie man nach einer winterlichen Nacht auf einer Liege im Keller eben aussieht. Tut mir leid, dass ich momentan keinen Schönheitspreis gewinnen würde«, brummte der Chefinspektor grantig. Er hatte miserabel geschlafen. Anfangs war er zwar schnell weggedöst, aber schon nach kurzer Zeit hatten heftige Rückenschmerzen ihn aus dem Schlaf gerissen. Schließlich hatte er sich stundenlang von einer Seite auf die andere gewälzt, war immer wieder kurz eingeschlafen, um wenig später erneut unsanft aufzuwachen. Es war schrecklich gewesen. Einfach nur furchtbar.

»Du hast im Keller geschlafen?!«, fragte Irene entsetzt nach.

»Allerdings. Johanna und du, ihr habt die Wohnzimmercouch blockiert, und Marianne hat dank des Wasserrohrbruchs unser Bett geerbt. Ich musste also in den Keller ausweichen.«

Irene blickte ihren Mann mitleidig an. »Warum hast du mich denn nicht aufgeweckt? Ich hätte mir die Kleine doch auf den Bauch legen können, dann wäre auf dem Sofa Platz für uns drei gewesen. Hoffentlich hast du dir im Keller nicht den Tod geholt.«

Der Chefinspektor, dessen Unmut mittlerweile wieder verflogen war, schmunzelte. »Nie im Leben hätte ich es übers Herz gebracht, euch zwei aufzuwecken. Ihr habt so friedlich geschlummert. Mach dir keine Sorgen, Schatz, Einstein und mein alter Schlafsack haben mich warm gehalten. Es geht schon. Aber gegen ein kräftigendes Frühstück hätte ich nichts einzuwenden.«

»Wie der Herr wünscht.« Irene ging Richtung Küche, wo Johanna bereits auf ihre Großeltern wartete.

»Das ist doch die Wiege, die ich damals für Marianne gebaut habe. Ich wusste gar nicht, dass sie sie aufgehoben hat«, meinte Meierhofer erstaunt, als er bemerkte, worin seine Enkelin lag.

»Natürlich hat sie sie aufgehoben«, entgegnete seine Gattin. »Sie hütet das wunderschöne Stück schon seit ihrer Schwangerschaft mit Lukas wie ihren Augapfel.« Irene machte eine Pause, dann flüsterte sie: »Was Marianne angeht, hätte ich übrigens eine Bitte, Hans. Sag ihr nicht, dass die Nacht wegen ihr und Johanna etwas unbequem für dich war. Sie ist ohnehin mit den Nerven am Ende. Johanna schläft nicht besonders viel, und der Wasserrohrbruch bereitet Marianne Kopfzerbrechen. Außerdem spürt sie, glaube ich, dass sie doch um viele Jahre älter ist als nach Lukas' Geburt. Ich mache mir Sorgen um sie.«

Meierhofer nahm seine Frau in den Arm. »Solange sie eine Mutter wie dich hat, musst du dir keine Sorgen um Marianne machen, Schatz. Das dauert jetzt ein Weilchen, bis sich alles eingespielt hat. War doch bei uns damals nicht anders. Wenn sie endlich mit Johanna nach Hause kann, klappt das sicher alles wie von selbst.«

Irene seufzte. »Dein Wort in Gottes Ohr, Hans. Dein Wort in Gottes Ohr.«

*

Auf dem Weg ins Büro ging Meierhofer in Gedanken noch mal alles durch, was während der letzten Tage passiert war. Der Blutfund, das Auftauchen der Leiche in Wien, Alois Maibichlers Verschwinden, die ominösen Drohbotschaften, ihr Trip in die Bundeshauptstadt. Vieles war geschehen, und dennoch wussten sie immer noch nicht, was hinter alldem steckte. Die Wachau zog langsam am Chefinspektor vorbei. Es war wirklich eine wunderschöne Gegend, auch im Winter. Mittlerweile schneite es zumindest ein bisschen. Eventuell durften sie heuer also doch weiße Weihnachten erleben. Allzu lange dauerte es ja nicht mehr bis zum Heiligen Abend. Meierhofer hoffte, dass sie ihren Fall noch vor dem Fest erfolgreich zu den Akten legen konnten. Ob sie heute wieder nach Wien fahren mussten, um weiteren Vernehmungen beizuwohnen? Oder sollten sie sich besser auf die Geschehnisse hier in ihrem Umfeld konzentrieren? Auf die undurchsichtigen Wachau-Aufenthalte des Opfers, von denen niemand so genau wusste, ob sie Geschäftsreisen oder Urlaube gewesen waren. Und wo zum Teufel war Alois Maibichler? Hatte er das Weite gesucht, weil er sich schuldig gemacht hatte, oder schwebte er eventuell tatsächlich in Gefahr? Wer war die junge Blondine gewesen, die Wilfried Palt begleitet hatte? Was war mit ihr geschehen?

Ein deutlich ins Auge stechendes Schild am Straßenrand riss Meierhofer aus seinen Gedanken. Honig frisch von der Biene und hausgemachte Marmeladen stand da in fetten Lettern. Abrupt stieg der Chefinspektor auf die Bremse. Er hatte Stefano schon vorige Woche versprochen, sich um Honignachschub für dessen Büro-Tees zu kümmern, das aber bis heute nicht getan. Es war höchste Zeit, das gegebene Versprechen auch einzulösen.

Meierhofer parkte direkt vor dem beeindruckenden, malerischen Gebäude, das mit einem klassischen Bauernhof nur noch wenig zu tun hatte. Man hatte diesen optisch aufgemotzt, um damit bei den unzähligen Touristen, die hier tagein, tagaus vorbeikamen, zu punkten. Ab-Hof-Verkauf kam immer gut an, vor allem, wenn man für die Region typische Produkte bieten konnte. Welcher Tourist nahm sich nicht gerne ein Gläschen Marillenmarmelade mit nach Hause, um auch dort noch vom Urlaub in der schönen Wachau träumen zu können?

Als der Chefinspektor den kleinen Hofladen betrat, wehte ihm ein verführerischer vorweihnachtlicher Geruch entgegen. Anscheinend wurde hier auch frisch gebacken. Der Honigkuchen sah auf alle Fälle köstlich aus.

»Guten Tag, was kann ich für Sie tun?«, begrüßte ihn eine junge Dame freundlich. Sie trug ein Dirndl, wahrscheinlich, um den Wachau-Eindruck für die Kunden perfekt zu machen.

»Ich hätte gerne ein Kilo Honig … Und ein Packerl von

dem Lebkuchen da.« Eva würde sich sicher über die süße Leckerei freuen.

»Welcher Honig darf's denn sein?«, erwiderte die Verkäuferin herzlich lächelnd. »Akazienhonig, Blütenhonig, Waldhonig, Mohnhonig, mit Früchten versetzter Honig oder Cremehonig?«

Meierhofer zuckte mit den Schultern. »Ganz egal. Irgendeinen, der gut in den Tee passt. Das überlasse ich ganz Ihnen.«

»Dann würde ich den Akazienhonig nehmen. Der eignet sich bestens zum Süßen und hat nicht so viel Eigengeschmack, wie zum Beispiel der Waldhonig. Darf's sonst noch etwas sein?«

Der Chefinspektor begutachtete die Vielzahl an Marmeladen, die in hübsch gestalteten Gläsern in verschiedensten Größen und Formen rund um ihn gestapelt waren. Seine Augen weiteten sich vor Freude. Ein Semmerl mit Butter und einer dieser fruchtigen Köstlichkeiten, das würde er sich im Büro gönnen. Marille, Ribisel, Stachelbeere, Walderdbeere – wofür sollte er sich nur entscheiden? Das klang alles wunderbar. Allein bei diesem Anblick knurrte ihm schon der Magen. Da, die würde er probieren.

»Ein kleines Glaserl der Brombeere-Weingartenpfirsich-Marmelade können S' mir bitte auch noch einpacken. Das war's dann aber«, entgegnete er schließlich, während er in seiner Hose nach Bargeld kramte.

»Gerne, der Herr. Das macht dann genau fünfundzwanzig Euro. Unsere Karte geb ich Ihnen auch mit. Bei größeren Bestellungen liefern wir in der näheren Umgebung auch nach Hause. Das Zetterl geb ich Ihnen ins Sackerl.«

Meierhofer nickte. »Danke, Wiederschauen.«

»Wiederschauen.«

*

Der Autolärm macht ihn fertig. Laut ist es hier. Laut, grau und unfreundlich. Nicht einmal die flauschigen Schneeflocken, die über seinem Kopf tanzen, können etwas daran ändern. Er spürt, dass es ein Fehler war hierherzukommen. Alles, was er in dieser Sache unternommen hat, war ein einziger großer Fehler. Er hätte sich raushalten sollen. Er hätte sich einfach umdrehen, wegschauen, seine Klappe halten sollen, als er die Möglichkeit dazu hatte. Er hätte sich die Finger nicht schmutzig machen sollen. Aber nein, er musste ja den großen, starken Mann spielen. Einen auf dicke Hose machen. Jetzt ist es zu spät. Jetzt steckt er viel zu tief drin in dieser ganzen Scheiße. Jetzt muss er es durchziehen, ob er will oder nicht. Wohl ist ihm dabei aber nicht. Irgendetwas stimmt hier ganz und gar nicht. Vielleicht kann er sich doch noch vom Acker machen. Vielleicht kommt er noch aus der Sache raus, ohne Schaden zu nehmen. Vielleicht. Hoffentlich.

KAPITEL 14

»Lecker, Lebkuchen, danke, Chef!« Brombspeidel schien sich ehrlich über Meierhofers kleine kulinarische Aufmerksamkeit zu freuen. Auch Staudinger nahm den Honig wohlwollend zur Kenntnis. »Ich hab schon überlegt, ob ich ihn mir nicht selbst besorgen soll«, meinte er augenzwinkernd.

»Gibt's was Neues aus Wien?«, lenkte der Chefinspektor die Aufmerksamkeit seiner Kollegen wieder auf Berufliches.

Synchrones Kopfschütteln war die Antwort.

»Nein, gar nichts. Ich hab mit Paul telefoniert. Er ist gerade dabei, sich mit dem Privatleben unseres Toten zu beschäftigen. Den Tod seiner Frau genauer unter die Lupe zu nehmen und so weiter und so fort. Außerdem versucht er, etwas über die vermeintlichen Geschäftsreisen herauszufinden. Er checkt, ob Wilfried Palt je unter seinem echten Namen unterwegs war, ob und wo er mit seiner Kreditkarte bezahlt hat, wann er höhere Beträge von seinem Konto abgehoben hat. Das Übliche halt.«

Meierhofer nickte. Dann wandte er sich an seine Kollegin. »Und, wie sieht's mit Alois Maibichler aus? Hat sich in diese Richtung was getan?«

Brombspeidel schüttelte erneut den Kopf. »Alles, was wir haben, sind die zwei Drohbriefe. Auch auf dem aktuelleren Exemplar finden sich leider keine Fingerabdrücke. Herta

Maibichler hat sich heute noch nicht bei uns gemeldet. Ich denke also nicht, dass es was Neues von ihrem Mann gibt. Ich hab mir vorgenommen, mich später bei ihr zu rühren. Sie muss gestern mit den Nerven völlig am Ende gewesen sein, meinten die Kollegen. Vielleicht schaue ich bei ihr vorbei.«

»Mach das, Eva. Ich würde mir die Briefe gerne genauer ansehen. Vielleicht verrät ihr Wortlaut etwas über deren Verfasser. Die Briefe stammen doch von ein und demselben Absender?« Der Chefinspektor ging auf das mit Fotos und Notizen zugepflasterte Whiteboard zu, das während der Ermittlungen häufig zum Mittelpunkt ihrer Arbeit wurde.

Die Revierinspektorin stand ebenfalls auf und deutete auf die beiden Briefe. »Ja, davon gehen wir aus. Die Schrift sieht auf den ersten Blick beide Male genau gleich aus. Wir haben aber vor, einen Grafologen zurate zu ziehen.«

»Dieter Doppler kennt sich mit diesen Dingen bestens aus«, warf Meierhofer ein. »Vielleicht statte ich ihm später einen kurzen Besuch ab.«

»Da musst du dieses Mal aber ohne Wein auskommen, Hans, ich hab grad keine Flasche im Auto«, scherzte Staudinger.

»Ob er das verkraften wird, der alte Fuchs?«, entgegnete Meierhofer schmunzelnd. Dann trat er noch ein bisschen näher an das Whiteboard heran. Plötzlich wurde er still. Brombspeidel und Staudinger wussten, was das zu bedeuten hatte. Irgendetwas war dem erfahrenen Kriminalbeamten ins Auge gestochen. Etwas, das sie bis jetzt übersehen hatten.

*

Herta Maibichler blickte sich hektisch um. Sie hatte gerade das Gästehaus verlassen und wandte sich nun dem Nebengebäude zu, in dem unter anderem Alois' Allerheiligstes untergebracht war. Der Ort, an dem er mehr Zeit verbrachte als mit ihr. War es ein Fehler, ihr Vorhaben zu dieser Tageszeit durchzuziehen? Sollte sie lieber warten, bis es dunkel wurde? Verhielt sie sich zu auffällig? Würden ihre Gäste Verdacht schöpfen?

Einen Moment hielt sie inne. Dann überlegte sie es sich anders. Rasch schlich sie zur Werkstatt ihres Mannes, schlüpfte durch die massive Eisentür, die sie doppelt hinter sich versperrte. Noch einmal betrachtete sie ihren Fund vom Vortag genau. Sie zögerte eine Sekunde. Sollte sie ihn nicht doch aufbewahren? War das der bessere Weg? Sollte sie warten, bis Alois wieder da war? Würde er wissen, was zu tun war? Würde er je wiederkommen? Wenn nicht wegen ihr, dann zumindest deshalb? Oder hatte er bereits ein neues Leben begonnen? Irgendwo, weit weg von hier. In der Karibik vielleicht oder auf den Malediven. Bis sie das hier gefunden hatte, hatte sie sich noch große Sorgen um ihn gemacht. Aber nun glaubte sie nicht mehr daran, dass ihm etwas passiert war. Die Briefe hatte er wahrscheinlich bei einem seiner Freunderln in Auftrag gegeben, um sich als Opfer darzustellen. Um sein Verschwinden in ein falsches Licht zu rücken. Er war ein vifer Kerl, ihr Alois. Er wusste genau, wie er es richtig angehen musste, um selbst am besten auszusteigen. Egal, aus welcher Situation. Er war ein Egoist, er würde nicht die geringsten Skrupel haben, sie hier allein zurückzulassen. Sie auf dem Berg Schulden sitzen zu lassen, den sie hatten. Wenn es darum ging, seinen Kopf zu retten, würde er über Leichen gehen, so viel war klar. Sie traute ihm alles zu. Wahrscheinlich hatte er Gustav Schönkirchner umgebracht, weil er ihr zu nahe gekommen war. Dann hatte er das hier mitgehen lassen. Als ihm zu Hause klar geworden war, in welche Gefahr er sich durch seinen Ausraster gebracht hatte, war er Hals über Kopf geflohen. Das Gespräch mit diesem Kriminalinspektor hatte ihm anscheinend den Rest gegeben. Er musste den Schönkirchner auf dem Gewissen haben. Warum hatte er sonst von ihr verlangt, so zu tun, als würde sie das Fehlen des Kaminzimmer-Läufers nicht bemerken? Warum hatte er sie gezwungen, die Polizei zu belügen? Einen letzten Blick warf sie auf ihren geheimnisvollen Fund, dann brach Herta Maibichler weinend zusammen. Sie war mit ihren Kräften am Ende. Das war ihr alles einfach zu viel. Alles viel zu viel.

*

»Eva, schnell, bring mir das Einkaufssackerl, in dem der Lebkuchen drin war!« Meierhofer konnte seinen Blick nicht mehr von den beiden Drohbriefen abwenden, die vor ihm an dem Whiteboard befestigt waren.

Brombspeidel verstand zwar nicht, worauf ihr Chef hinauswollte, tat aber, wie ihr geheißen wurde. Auch Staudinger war anzusehen, dass er keine Ahnung hatte, was Meierhofer plante. Gespannt beobachtete er ihn dabei, wie dieser in dem an sich leeren Papiersackerl kramte und schließlich eine Karte hervorzauberte, die von der Form her an eine Visitenkarte erinnerte.

»Wusste ich's doch!«, entfuhr es ihm, als er das kleine Kärtchen zwischen die Drohbotschaften hielt. Dann gab er

Brombspeidel und Staudinger ein Zeichen, näher zu kommen. Als auch sie ihre volle Aufmerksamkeit dem Whiteboard widmeten, deutete der Chefinspektor auf die Visitenkarte und dann auf eine Stelle des zweiten Drohbriefes. »Schaut euch das *Bienenhonig Blümmer* an und dann den *Das Blut für immer abzuwaschen*-Satz! Das ist doch ein und dieselbe Schrift, oder?!«

Bienenhonig Blümmer

... Das Blut für immer abzuwaschen, ist unmöglich.

»Tatsächlich!« Brombspeidel blieb vor Staunen der Mund offen stehen.

»Sieht so aus, als hättest du gerade erst bei unserem Drohbrief-Schreiber eingekauft, Hans«, stimmte auch Staudinger zu, »obwohl ich es seltsam finde, dass jemand einen handschriftlichen Namenszug auf seine Visitenkarten drucken lässt.«

Der Chefinspektor nickte. »Das finde ich allerdings auch eigenartig. Außerdem müsste unser Drohbrief-Verfasser in diesem Fall besonders skrupellos oder einfach nur sehr, sehr dumm sein. Wir sollten diese drei Schriftstücke unbedingt Dieter zeigen, bevor wir etwas in dieser Sache unternehmen. Vielleicht sehen wir ja wirklich nur Gespenster.«

Brombspeidel klatschte in die Hände. »Dann nichts wie auf zu eurem Dieter! Er freut sich sicher, euch beide schon wieder zu sehen. Ich schließe mich einstweilen mit Herta Maibichler kurz. Mal schauen, ob es von ihrer Seite was Neues gibt.«

*

Jetzt ist es erneut passiert. Dieses Mal war zwar nicht ganz so viel Blut im Spiel, aber schrecklich war es trotzdem. Die Geister, die einen verfolgen – sie werden nicht verstummen. Sie werden nie verschwinden, und mit ihnen bleibt auch das Blut. Das viele Blut. So viel Blut.

*

Auf dem Weg zu Dieter Dopplers Wirkstätte sprach Staudinger Privates an. »Wie geht's denn mit Johanna, Hans? Du siehst nicht gerade erholt aus. Liegt das an unserem Einsatz gestern oder an der darauffolgenden Nacht?«

Meierhofer seufzte laut. »Du hast ja keine Ahnung, Stefano, wie schlimm meine Nacht war. Ich hab sie gemeinsam mit Einstein im Keller verbracht. In meinem alten Schlafsack auf einer klapprigen Sonnenliege, die nicht gerade den Ansprüchen, die ein betagtes Kreuz wie meines an seine Schlafstätten stellt, entspricht.«

Staudinger hatte Mühe, sich ein Lachen zu verkneifen. Hans Meierhofer in einem Schlafsack auf einer Sonnenliege – Einstein auf dem rundlichen Bauch –, das hatte was.

»Oje, du Armer. Wieso wurdest du denn in den Keller gesperrt? Warst du nicht artig?«, kam es ihm schließlich doch etwas zu zynisch über die Lippen.

»Von wegen nicht artig! Ich hab im Keller übernachtet, weil ich ein echter Gentleman, ein Kavalier der alten Schule bin, mein Lieber. Nur, weil ich mein Bett einer jungen Dame und die Wohnzimmercouch zwei weiteren überlassen habe, wurde mein Rücken malträtiert. Schau ich wirklich so fertig aus?« Meierhofer klappte den kleinen Spiegel über dem Beifahrersitz herunter und betrachtete sein Gesicht darin. Sein mittlerweile ziemlich weißer Vollbart und die ebenso grau-weißen Haare bildeten einen intensiven Farbkontrast zu den dunklen Ringen unter seinen Augen. Stefano hatte recht. Er wirkte tatsächlich nicht besonders frisch.

»Wie lange werden Marianne und Johanna denn noch bei euch bleiben?«, fragte Staudinger nach.

Der Chefinspektor zuckte mit den Schultern und klappte den Spiegel wieder nach oben. »Keine Ahnung, wie lange es noch dauert, bis sie nach Hause können. Ich denke, Marianne möchte so rasch wie möglich zurück in die eigenen vier Wände, aber sie will auch nicht riskieren, dass Johanna durch die Feuchtigkeit gesundheitliche Schäden davonträgt. Die Kleine ist momentan unser aller Augenstern. Sie ist zuckersüß, auch wenn sie nicht besonders gerne schläft. Haben Dominik und du eigentlich schon mal darüber nachgedacht, ein Kind zu adoptieren? Mittlerweile dürft ihr das zum Glück ja.«

Es dauerte eine Weile, bis Staudinger antwortete. »Wir hätten wahnsinnig gerne ein Kind, aber noch sind wir nicht mutig genug, den Schritt zu wagen. All die Veränderungen, die Verantwortung und dazu die fehlende Toleranz und Akzeptanz in der Gesellschaft. Wir haben beschlossen, es langsam angehen zu lassen. Noch sind wir jung genug, um uns mit derartigen Entscheidungen Zeit zu lassen. Außerdem müsste ich im Falle des Falles mein Auto gegen eine familientaugliche Karre eintauschen. Dazu bin ich noch nicht bereit«, versuchte der Gruppeninspektor mit einer augenzwinkernden Bemerkung von der Ernsthaftigkeit des Themas abzulenken, während er seinen Sportwagen elegant rückwärts einparkte.

»Was machen denn Asterix und Obelix hier? Wenn ich gewusst hätte, dass ihr beide kommt, hätte ich vorher aufgeräumt«, begrüßte Dieter Doppler die beiden Kriminalbeamten.

»Wir brauchen dringend deine Hilfe! Dein fachmännisches Urteil ist gefragt«, brummte Meierhofer.

»Na gut, dann will ich ausnahmsweise Gnade vor Recht ergehen lassen und das Fehlen jeglichen Alkohols in euren Händen übersehen. Was braucht ihr denn?« Doppler schob seine Nickelbrille, die ihm auf die Nasenspitze gerutscht war, nach oben.

»Du musst uns deine grafologischen Fähigkeiten zur Verfügung stellen. Kannst du bitte einen Blick auf diese beiden Briefe und die Visitenkarte hier werfen und uns dann sagen, was du davon hältst?« Meierhofer legte die beiden Drohbriefe und das Kärtchen, das er beim Honigkauf erhalten hatte, auf Dieter Dopplers Schreibtisch.

Der studierte die drei Schriftstücke einige Momente stumm, bevor er murmelte: »Interessant … Mmh … Spannend … Ganz klar … Das B … eindeutige Übereinstimmung …«

Staudinger, dessen Ungeduld immer wieder zum Vorschein kam, unterbrach Doppler abrupt: »Also, sag schon, was erkennst du?!«

Ein irritierter Blick Dopplers war die Folge. »Ruhig Blut, Stefano, ein alter Mann ist nun mal kein D-Zug! Warum hast du's nur immer so eilig? Also, eines ist ganz klar, diese beiden Nachrichten hier wurden von ein und derselben Person geschrieben. Ich gehe davon aus, dass man dafür eine Kalligrafie-Feder und rote Tusche verwendet hat. Wahrscheinlich, um den Eindruck zu vermitteln, dass der Brief mit Blut geschrieben wurde. Was ihr von mir nun vermutlich wissen wollt, ist, ob auch der Bienenhonig Blümmer-Schriftzug aus derselben Feder stammt.«

»Genauso ist es, Dieter. Und, was meinst du?«, erwiderte Meierhofer gespannt.

Doppler überlegte einen Moment. »Ich denke schon. Normalerweise werden für die Herstellung von Visitenkarten ja eher Computerprogramme verwendet, aber dieser Schriftzug sieht mir nach einem handschriftlichen aus, der für die Produktion der Karten eingescannt wurde. Die Schrift stimmt meiner Meinung nach mit der dieser Drohbotschaft überein. Das große B zum Beispiel, das mm, beides ist sehr prägnant und weist eindeutige Parallelen auf. Auch in diesem Fall würde ich auf eine Kalligrafie-Feder tippen, nur, dass hier schwarze Tusche verwendet wurde. Wenn ihr eine genauere Analyse wollt, müsst ihr mir die Briefe und das Kärtchen dalassen. Es kann allerdings ein bisschen dauern, bis ich dazu komme, mich in Ruhe damit zu beschäftigen. Ihr seid schließlich nicht meine einzigen Kunden.«

»Kein Problem, behalte dir die Briefe und die Visitenkarte ruhig. Wir haben alles kopiert, bevor wir uns auf den Weg zu dir gemacht haben. Gib uns bitte Bescheid, sobald du einen Bericht für uns hast! Danke, Dieter.« Meierhofer reichte seinem alten Freund zum Abschied die Hand.

»Gern geschehen. Ich hoffe dennoch, ihr schließt mich heute Abend in eure Gebete ein.«

Staudinger lachte. »Aber natürlich. Wenn's sein muss, bete ich dir zuliebe auch auf Italienisch. Könnte sein, dass es dann schneller wirkt.«

KAPITEL 15

Eva Brombspeidel war unterwegs zu Herta Maibichler. Sie hatte mehrere Male versucht, die Gattin ihres verschwundenen Verdächtigen telefonisch zu erreichen, keiner ihrer Versuche war jedoch von Erfolg gekrönt gewesen. Daraufhin hatte die Revierinspektorin spontan beschlossen, Herta Maibichler einen Besuch abzustatten, um sich zu erkundigen, ob es etwas Neues von deren Mann gab.

Ein seltsames Grummeln machte sich in Brombspeidels Bauch breit, als sie sich dem Haus der Maibichlers näherte. War es die richtige Entscheidung gewesen, ohne Rücksprache mit ihrem Chef einfach draufloszufahren? Dieser inneren Stimme zu folgen, die ihr das Gefühl gegeben hatte, dass es wichtig war, mit Herta Maibichler zu sprechen?

»Wird schon passen«, flüsterte die junge Inspektorin, als das Anwesen der Maibichlers in Sichtweite kam. Im selben Moment schoss ein dunkler Kombi an Eva Brombspeidels Wagen vorbei. Es dauerte eine Sekunde, bis sie begriffen hatte, woher sie den Kombi, dessen Fahrer jegliche Verkehrsregel vergessen zu haben schien, kannte.

»Was, zum Teufel?!«, entfuhr es der Revierinspektorin, während sie ihr Auto, so rasch sie konnte, wendete, um sich an das dunkle Fahrzeug zu hängen. Sie drückte das Gaspedal durch und hoffte inständig, den Wagen nicht aus den Augen zu verlieren. Ihre Hände begannen zu schwitzen, während sie versuchte, auf der schneebedeckten, kurvigen Wachauer Bundesstraße dem Kombi zu folgen.

»Himmelherrgott! Das gibt's doch nicht!«, fluchte die junge Inspektorin, als der Wagen vor ihr in einer Siebziger-Zone plötzlich auf über einhundertzwanzig beschleunigte. Bei diesen Wetterbedingungen hier so schnell zu fahren, grenzt an Selbstmord, schoss es ihr durch den Kopf. Trotzdem trat sie aufs Gas. Ihr Bauchgefühl befahl es ihr. Wer immer da vor ihr am Steuer saß, hatte etwas zu verbergen. Dessen war sie sich sicher. Und sie, Eva Brombspeidel, würde alles daran setzen, um aufzudecken, was dieses Etwas war.

*

Chefinspektor Paul Zöller blickte die junge Dame, die ihm gegenüber Platz genommen hatte, freundlich an.

»Herzlichen Dank, dass Sie so schnell vorbeigekommen sind. Ich denke, es ist wichtig, dass wir von Angesicht zu Angesicht miteinander reden. Seit wann ist Ihre WG-Mitbewohnerin denn abgängig, Frau Schrödinger?«

Lorelei Schrödinger, eine gut aussehende rothaarige Studentin Anfang zwanzig, überlegte eine Weile, dann antwortete sie: »Das letzte Mal habe ich sie am 10. Dezember gesehen. Das weiß ich so genau, weil sie damals Putzdienst gehabt hätte, unseren Plan aber wieder einmal ignoriert hat. Es gibt deshalb immer wieder Streitereien zwischen uns beiden. Romy nimmt es mit der Sauberkeit nicht so genau. Das treibt mich in den Wahnsinn.«

Zöller nickte verständnisvoll, bevor er weiterbohrte.

»Warum haben Sie sich denn eigentlich an uns gewandt? Ihre Mitbewohnerin ist erwachsen, sie kann tun und lassen, was sie möchte. Wieso denken Sie also, dass ihr etwas passiert sein könnte?«

Lorelei Schrödinger zögerte erneut einen Moment, fuhr sich mit der linken Hand durch ihre naturrote Mähne und erklärte schließlich: »Das liegt an dem Phantombild, das ich in der Zeitung gesehen habe. Dieser Mann, der sieht genauso aus wie einer, mit dem Romy sich während der letzten Wochen immer wieder getroffen hat. Fragen Sie mich nicht, warum, aber Romy hat ein Faible für Sugar-Daddys. Liegt vermutlich daran, dass sie ohne Vater aufgewachsen ist. Außerdem ist es ungewöhnlich, dass sie tagelang nicht nach Hause kommt oder sich zumindest bei mir meldet. Sie hat einen Hamster, den sie über alles liebt. Nie würde sie den einfach alleine lassen, ohne mich vorher darum zu bitten, ihn an ihrer Stelle zu versorgen ... Ach ja, das hätte ich jetzt beinahe vergessen, auf Instagram hat sie auch schon ewig nichts mehr gepostet. Das sieht Romy überhaupt nicht ähnlich.«

Eine junge Dame mit Vorliebe für Hamster, ältere Männer und Instagram, die seit einigen Tagen nicht aufzufinden war. Das klang spannend.

»Frau Schrödinger, hätten Sie eventuell ein Foto Ihrer Mitbewohnerin für mich?«, fragte Zöller hoffnungsvoll.

Die Rothaarige griff in ihren großen Shopper, anscheinend hatte sie bereits auf diese Frage gewartet.

»Ich dachte mir schon, dass das wichtig für Sie sein könnte«, meinte sie auch, als sie einen Computerausdruck in A4-Größe vor dem Chefinspektor auf den Tisch legte. »Bitte schön, das ist das aktuellste Foto, das ich von Romy habe. Sie können es natürlich behalten. Ich kann Ihnen auch gerne zeigen, wie Sie Ihren Instagram-Account finden.«

Paul Zöller musste nur einen kurzen Blick auf das Bild werfen, um zu wissen, dass sie gefunden hatten, wonach sie suchten.

»Danke, Frau Schrödinger, das Bild reicht mir fürs Erste völlig. Sie waren uns und Ihrer Freundin eine große Hilfe. Sobald wir Neuigkeiten haben, melde ich mich bei Ihnen. Es wäre großartig, wenn Sie das ebenfalls tun würden. Hier bitte, meine Karte.«

Lorelei Schrödinger erhob sich und steckte Zöllers Visitenkarte in eine der Taschen ihrer knappen Jeans. Dann streckte sie dem Kriminalbeamten die Hand hin.

»Vielen Dank, Herr Inspektor. Ich hoffe, Sie finden Romy bald, schon alleine wegen Bäckchen.«

»Bäckchen?«, hakte Zöller verwundert nach.

»Romys Hamster. Er vermisst sie. Auf Wiedersehen.«

*

Der dunkle Kombi war Richtung Krems unterwegs und Eva Brombspeidel ihm immer noch unerbittlich auf den Fersen. Das anfängliche Höllentempo hatte der Fahrer des Kombis mittlerweile gedrosselt. Vielleicht war es ihm bewusst geworden, dass er so nur unnötige Aufmerksamkeit erregte. Wie auch immer, die Revierinspektorin war ihm dankbar dafür. Sie war zwar eine versierte Autolenkerin, aber Schneefahrbahn und überhöhte Geschwindigkeit waren grundsätzlich keine gute Kombination.

»Was hast du vor? Was verbirgst du?«, flüsterte Brombspeidel aufgeregt. Als ob er sie verstanden hätte und ihr eine Antwort geben wollte, bog der schwarze Kombi unvermittelt rechts ab.

»Aha, du willst nach Mautern«, kommentierte die Inspektorin dieses Verhalten leise.

Tatsächlich suchte der Kombi einen Parkplatz nahe der Römerhalle. Brombspeidel beschloss, ein paar Runden im Kreisverkehr zu fahren, in der Hoffnung, dass der Lenker des Kombis dies nicht bemerken würde.

Zwei Runden später war der Kombi geparkt worden. Als die Fahrertür aufging, hielt Brombspeidel für einen Moment die Luft an.

»Wusste ich's doch!«, triumphierte sie, als sie die attraktive mollige Blondine aus dem Auto steigen sah.

Herta Maibichler sah sich hektisch um, was sie dann tat, konnte Brombspeidel nicht erkennen, da sie gerade eine Stelle des Kreisverkehrs erreicht hatte, von der aus sie den Römerhallen-Parkplatz nicht mehr im Auge behalten konnte.

Nur Sekunden später atmete die Revierinspektorin erleichtert auf. Sie konnte Herta Maibichler wieder sehen. Diese war zum Kofferraum des Kombis gegangen und hievte gerade einen schwarzen Müllsack heraus. Sie schulterte ihn und wandte sich Richtung Donau. Dann marschierte sie zur Fußgängerunterführung nahe des Spielplatzes.

Brombspeidel hatte genug gesehen. Sie wusste, dass es an der Zeit war, den Kreisverkehr zu verlassen. Sie musste Herta Maibichler den schwarzen Müllsack abnehmen, bevor dieser seinen Weg den Fluss hinab antrat.

*

»Danke für deinen Anruf, Paul. Ich hab das Gefühl, endlich geht's voran. Bei uns tut sich auch einiges. Stefano und ich sitzen momentan im Auto, aber sobald ich zurück im Büro bin, schaue ich mir das Bild an. Wir sollten ohnehin überlegen, wie wir gemeinsam weiter vorgehen … Okay, so machen wir's. Ich melde mich bei dir. Bis später.«

Meierhofer beendete das Telefongespräch und nutzte seine nun wieder frei gewordene rechte Hand, um sich erneut am Griff über der Beifahrertür festzukrallen. Staudinger war seines Erachtens nach wie immer ein wenig zu rasant unterwegs, vor allem im Hinblick auf den unaufhörlich stärker werdenden Schneefall.

Den Gruppeninspektor juckte das Verhalten seines Chefs in keinster Weise. Er ignorierte dessen offen zur Schau getragenes Sicherheitsbedürfnis und ging lieber auf Paul Zöllers Anruf ein.

»Was wollte Paul denn?«, fragte er neugierig.

Meierhofer hielt die Luft an, als Staudinger eine Kurve zu schnell nahm und der Wagen ein bisschen zu schlingern begann, dann erwiderte er: »Anscheinend wissen wir nun, wer die junge Dame ist, die am Tag des Blutbades mit Wilfried Palt Zeit im Blockhaus verbracht hat.«

»Die, die ihn geküsst und Bärchen genannt hat?«, meinte Staudinger.

»Genau die. Ihre WG-Mitbewohnerin war gerade bei Paul und hat ihre Freundin als vermisst gemeldet. Sie denkt, in Palts Phantombild den Mann erkannt zu haben, mit dem sich ihre Mitbewohnerin während der letzten Wochen häufig getroffen hat. Die junge Dame hat angeblich ein Faible für deutlich ältere Männer.«

Staudinger hatte mittlerweile wieder die volle Kontrolle über seinen Wagen. Er zuckte mit den Schultern. »Das ist ja an sich nichts Verwerfliches. Wo die Liebe hinfällt, sag ich immer.«

»Wenn's nur wirklich die Liebe ist. In unserem Fall bin ich mir da nicht so sicher. Ich vermute, dass diese junge Dame etwas mit dem Mord an Palt zu tun haben könnte. Warum wäre sie sonst untergetaucht?« Meierhofer schloss kurz die Augen, als sein Kollege auch vor der nächsten Kurve nicht daran dachte, die Geschwindigkeit des Wagens zumindest marginal zu drosseln.

»Vielleicht ist sie ja gar nicht bewusst untergetaucht. Möglicherweise wurde sie ebenfalls Opfer eines Gewaltverbrechens. Eine unliebsame Zeugin möchte man nur allzu gerne loswerden. Eventuell war Palts Freundin einfach nur zur falschen Zeit am falschen Ort ... Jetzt tu nicht so ängstlich, Hans, so wild fahr ich auch nicht!« Staudinger grinste seinen Chef, der gerade mit dem rechten Bein pantomimisch mitgebremst hatte, amüsiert an.

»Nein, gar nicht«, entgegnete Meierhofer zynisch, »an dir ist nur anscheinend ein Rennfahrer verlorengegangen, Stefano. Noch bist du jung genug, um umzusatteln.«

»Und mir damit die aufregenden Verbrecherjagden entgehen lassen, wo denkst du hin, Hans?!«, lachte Staudinger.

»Paul hatte übrigens noch eine zweite wichtige Nachricht für uns. Wir wissen jetzt, womit Wilfried Palt so schrecklich zugerichtet wurde. Du wirst nie drauf kommen, was es war«, machte Meierhofer es spannend.

»Nun sag schon, Hans!«, tat Staudinger ihm den Gefallen.

Der Chefinspektor zögerte noch einen Moment, dann sagte

er: »Die Tatwaffe im Fall Palt ist mit ziemlicher Sicherheit ein Brieföffner.«

»Ein Brieföffner? Wer tötet denn jemanden mit einem Brieföffner?«, entfuhr es dem ehrlich erstaunten Gruppeninspektor.

»Da drüben ist das Geschäft, in dem ich den Honig gekauft habe!«, lenkte Meierhofer die Aufmerksamkeit seines Kollegen auf den hübschen Hofladen. Staudinger parkte gekonnt ein. »Na dann, auf geht's. Ich bin gespannt, wie man uns die Sache mit dem Schriftzug und den Drohbotschaften erklären wird. Apropos – Botschaften und Brieföffner, das ist doch ein seltsamer Zufall, findest du nicht auch?«

»Allerdings, Stefano, das ist tatsächlich eine merkwürdige Parallele zwischen unseren beiden momentanen Fällen, also dem Mordfall Palt und dem Vermisstenfall Maibichler.«

*

Eva Brombspeidel war Herta Maibichler auf den Fersen. So unauffällig wie möglich folgte sie der Frau, die den schwarzen Müllsack umklammert hielt, als befände sich darin ein unbezahlbarer Schatz. Erst jetzt merkte die junge Revierinspektorin, dass sich Herta Maibichler wie in einer Art Trance bewegte. Mechanisch setzte die Vermieterin des Blockhauses einen Fuß vor den anderen. In Brombspeidels Kopf rasten die Gedanken. Sie durfte jetzt keine Fehler machen. Sie musste den richtigen Moment abwarten. Eventuell war Herta Maibichler in ihrem derzeitigen Zustand unberechenbar. Möglicherweise war sie im Besitz einer Waffe. Nach dem letzten Fall, dessen Auflösung Brombspeidel jede Menge Nerven gekostet, sie für einige Zeit sogar traumatisiert hatte, war die Revierinspektorin immer auf der Hut.

Herta Maibichler marschierte zielstrebig Richtung Donau. Wie Brombspeidel vermutet hatte, plante sie offenbar, den Müllsack den Fluten zu überlassen. Ihn von der Mauterner Brücke zu werfen, wäre in den Augen der Inspektorin in diesem Fall zielführender gewesen, aber wahrscheinlich war das Herta Maibichler zu gefährlich. Die Brücke war zu dieser Tageszeit gut befahren, die Chance, dort beim Entsorgen des Müllsacks beobachtet zu werden, zu hoch. Der Badestrand jedoch war zu dieser Jahreszeit verwaist. Ganz anders als im Sommer – dann war er ein beliebter Treffpunkt von Jung und Alt, Einheimischen wie Touristen.

Eva Brombspeidel war nur mehr wenige Meter hinter Eva Maibichler. Instinktiv tastete sie nach ihrer Waffe. Als sie diese spürte, beschloss sie, den letzten notwendigen Schritt zu setzen.

»Frau Maibichler, bitte geben Sie mir den Müllsack!«, rief sie bestimmt.

Die Angesprochene hielt in ihrer Bewegung inne, dann drehte sie sich langsam um. Das Herz der Revierinspektorin schlug ihr bis zum Hals. Gespannt registrierte sie jede Bewegung ihres Gegenübers. Was würde nun passieren? War Frau Maibichler gefährlich? Was verbarg sich in dem Müllsack? Etwa Leichenteile? War es ein Fehler gewesen, sie anzusprechen? Hätte sie sich auf sie stürzen sollen? Warum, zum Teufel noch mal, war sie ohne Stefano und den Chef aufgebrochen, um mit Herta Maibichler zu sprechen? Was hatte sie sich nur dabei gedacht? Hätte sie Verstärkung rufen sollen, als sie die Verfolgungsjagd antrat?

Herta Maibichler ließ den schwarzen Sack fallen und griff in ihre Jackentasche. In Eva Brombspeidels Kopf schrillten die Alarmglocken. Doch ein Fehler. Es war ein Fehler gewesen, allein hierherzukommen. Ein großer Fehler.

KAPITEL 16

»Guten Tag, was kann ich für … Ah, Sie waren doch bereits heute Morgen hier.« Die attraktive Verkäuferin im Dirndl erkannte Meierhofer sofort wieder. »Haben es Ihnen unsere kulinarischen Köstlichkeiten so sehr angetan, dass Sie schon nach ein paar Stunden Nachschub brauchen? Das wäre natürlich durchaus verständlich«, begrüßte sie den Chefinspektor charmant. Danach schenkte sie Staudinger ihr hübschestes Lächeln. Kein Wunder, der Gruppeninspektor sah heute wieder einmal zum Anbeißen aus. Das rot-blau karierte Hemd passte ausgezeichnet zu den dunkelblauen Jeans und den derben braunen Stiefeln.

Meierhofer ging nicht auf die freundliche Begrüßung ein, sondern zog wortlos seinen Dienstausweis aus der Tasche. Dann brummte er: »Chefinspektor Meierhofer vom Landeskriminalamt Niederösterreich, das hier ist mein Kollege Gruppeninspektor Staudinger. Könnten wir bitte Ihren Chef sprechen?«

Augenblicklich wich jegliche Farbe aus dem Gesicht der Angestellten. »H…ha…hab ich was falsch gemacht?«, stotterte sie.

Meierhofer musste ein Schmunzeln unterdrücken. Dass ihr Auftreten diese Wirkung zeigte, kam nur noch selten vor.

Staudinger schlüpfte in die Rolle des Good Cops.

»Nein, keine Sorge, es handelt sich um eine reine Formsache. Könnten Sie nun bitte Ihrem Chef Bescheid geben, dass wir ihn gerne sprechen würden.«

»Der Chefin«, meinte die Verkäuferin immer noch etwas verunsichert. »Ich hole meine Mutter sofort.«

Aha, ein Familienbetrieb. Davon war eigentlich auszugehen gewesen. Es dauerte nicht lange, bis eine ebenfalls Dirndl tragende Frau um die fünfzig den Laden betrat. Sie sah aus wie die ältere, etwas rundlichere Version ihrer Tochter. Attraktiv, brünett, mit großen braunen Rehaugen und einigen Muttermalen im Gesicht. Die langen Haare hatte sie, im Gegensatz zu ihrer Tochter, die diese offen trug, zu einem Knoten zusammengefasst. Sie streckte Meierhofer selbstbewusst die Hand hin.

»Blümmer, grüß Gott, meine Tochter meinte, dass Sie mich dringend sprechen wollten. Was kann ich für Sie tun?«

Die beiden Inspektoren präsentierten noch einmal kurz ihre Dienstausweise, dann erklärte Meierhofer: »Wir haben eine Frage zu Ihren Visitenkarten, Frau Blümmer.« Der Chefinspektor zeigte auf die Kärtchen, die in einem kleinen Stapel auf der Verkaufstheke lagen.

»Bitte, fragen Sie nur!«, erwiderte Frau Blümmer senior unbeeindruckt.

»Woher haben Sie die Karten, Frau Blümmer? Haben Sie die selbst gestaltet?« Mit einer ausholenden Handbewegung wies nun auch Staudinger auf die Visitenkarten.

»Nein, die haben wir bei einem renommierten Grafiker aus der Gegend in Auftrag gegeben. Er ist ein Freund meines Mannes«, kam es wie aus der Pistole geschossen.

»Der Bienenhonig Blümmer-Schriftzug, stammt der auch

aus der Feder dieses Grafikers?«, hakte Staudinger nach.

»Keine Ahnung, wo er den herhat«, antwortete Frau Blümmer schulterzuckend. »Er hat uns von Anfang an gefallen. Deshalb haben wir den Stil auch für unser Schild draußen verwendet. Aber wer das geschrieben hat, weiß ich nicht. Ich hab mir bis jetzt aber auch noch keine Gedanken darüber gemacht.«

Die beiden Kriminalbeamten blickten einander kurz an. Sie dachten dasselbe. Frau Blümmers Antworten klangen ehrlich. Der Grafiker war also derjenige, den sie suchten. Zumindest würde er ihnen genauere Auskunft geben können.

»Könnten Sie uns bitte den Namen und die Adresse dieses Grafikers nennen, Frau Blümmer?«, fragte Meierhofer nach, während Staudinger seinen Notizblock zückte.

Frau Blümmer nickte, dann deutete sie auf einen Teller kunstvoll verzierter Honigkuchen, der neben den Kärtchen auf der Theke stand. »Einen Moment, ich such Ihnen seine Visitenkarte heraus, probieren S' doch so lange unsere köstlichen neuen Lebkuchenspezialitäten. Hundert Prozent Handarbeit und ausschließlich aus Produkten aus der Region.«

Gerade als Meierhofer nach einem der Lebkuchen greifen wollte, begann sein Handy in der Jackentasche zu schrillen.

»Meierhofer!«, bellte er, wie immer, wenn ihn jemand telefonisch vom Essen abhielt. Dann wurde der Chefinspektor auf einmal ganz still.

*

Eva Brombspeidel hielt die Luft an. Hatte nun ihr letztes Stündlein geschlagen? Würde sie hier sterben, in Mautern, neben der Donau, durch den Schuss aus der Waffe einer Frau, die für ihren Mann alles tun würde? Ihren Mann, der vermutlich ein Mörder war. Die Sekunden schienen in Zeitlupe zu vergehen. Langsam zog Herta Maibichler ihre Hand wieder aus der Jackentasche. Die junge Revierinspektorin wusste, dass sie nach ihrer Waffe greifen sollte. Ihr Kopf gab ihr ganz klar den Befehl dazu, doch ihr Arm war nicht in der Lage, diesen auszuführen. Sie hatte gebetet, dass sie ihr Trauma tatsächlich überwunden hatte. Dass sie mittlerweile wieder in der Lage war, in Situationen wie dieser korrekt zu handeln. Man hatte sie auf Herz und Nieren geprüft, bevor man ihr genehmigt hatte, den Dienst wieder in vollem Ausmaß anzutreten. Sie war sich fast sicher gewesen, wieder die Alte zu sein. Doch jetzt, in diesem Moment, strafte ihr eigener Körper sie Lügen. Unfähig, sich zu bewegen, schloss Eva Brombspeidel die Augen und wartete auf den Schuss. Auf den Schuss, der einfach nicht fallen wollte.

Verunsichert öffnete die junge Inspektorin die Augen wieder. Es dauerte einen Moment, bis sie verstand, dass Herta Maibichler keine Schusswaffe aus ihrer Jacke gezogen hatte, sondern einen Asthmaspray. Erst, als die Blondine zusammenbrach, wurde Brombspeidel bewusst, dass sie nichts zu befürchten hatte. Während sie auf die am Boden liegende Gattin ihres Verdächtigen zurannte, zog die Inspektorin ihr Handy aus der Tasche und wählte den Notruf.

*

»Wir sind gleich wieder da.« Meierhofer deutete Staudinger, ihm nach draußen zu folgen. Was er eben erfahren hatte, sollte nicht an unbefugte Ohren gelangen. Als die beiden Inspektoren vor dem Honigladen standen, erklärte er: »Man hat nahe eines Autobahnparkplatzes knapp vor Wien einen beigen Skoda Yeti mit Kremser Kennzeichen gefunden. Leer. Offene Türen. Vom Lenker fehlt jede Sp…«

Staudinger unterbrach seinen Chef. »Lass mich raten, der Yeti ist auf Herta Maibichlers Namen gemeldet.«

Meierhofer nickte stumm.

»Hast du Gregor verständigt? Damit er die Kollegen vor Ort unterstützt? Vielleicht finden sich Spuren, die in unserem Fall von Bedeutung sein könnten, in dem Wagen«, sprudelte es aus dem Gruppeninspektor.

»Gregor und seine Leute sind schon unterwegs«, erwiderte dessen Chef ruhig. »Ich hab auch eine intensive Untersuchung der Umgebung des Parkplatzes in Auftrag gegeben. Mit dem Hinweis, dass der Fahrer des Wagens bedroht wurde. Davon wussten die zuständigen Kollegen natürlich nichts. Dass nach dem Skoda und dessen Fahrer eine Fahndung läuft, allerdings schon. Deshalb wurde ich auch gleich verständigt. Denkst du, was ich denke?«

»Dass wir schleunigst diesen Grafiker aufsuchen sollten? Allerdings. Meinst du, dass man nahe des Autobahnrastplatzes Alois Maibichlers Leiche finden wird?« Staudingers Kopfkino lieferte ihm dramatische Szenen.

Meierhofer zuckte mit den Schultern. »Möglich wäre es. Es kann aber natürlich auch sein, dass Maibichler den Wagen einfach loswerden wollte, da er bereits ahnte, dass eine Suche nach ihm und dem Auto läuft. Vielleicht will er uns in dem Glauben lassen, dass ihm etwas passiert ist, um so seine Spuren zu verwischen. Unter Umständen hat er die Drohbriefe sogar selbst in Auftrag gegeben. Lass uns reingehen! Die Kontaktdaten dieses Grafikers bringen uns hoffentlich weiter.«

*

Der immer dichter werdende Schneefall hatte die ursprünglich braungrauen Weinberge am nördlichen Donauufer in eine märchenhafte Winterlandschaft verwandelt. Doch das nahm Brombspeidel, die am gegenüberliegenden Ufer des mächtigen Stromes unbewegt ins Leere starrte, gar nicht wahr. Sie stand unter Schock.

»Keine Sorge, sie wird schon wieder. Dank Ihrer raschen Reaktion. Hätten Sie sie nicht beatmet, würde es schlechter um sie stehen.« Der Notarzt klopfte Eva Brombspeidel aufmunternd auf die Schulter. »Sie sind sich sicher, dass Sie uns nicht begleiten wollen? Zur Beobachtung?«, hakte er daraufhin etwas besorgt nach.

Die Revierinspektorin schüttelte kaum merkbar den Kopf. Langsam kam wieder Leben in ihren Körper. »Nein danke, es geht schon. Damit habe ich nur einfach nicht gerechnet. Mir geht's so weit gut. Außerdem muss ich mich darum kümmern, dass das hier so rasch wie möglich untersucht wird.« Dabei hob sie den schwarzen Müllsack, den sie nicht mehr aus ihren Händen gab, ein Stückchen in die Höhe. Dann ergänzte sie überraschend resolut: »Sie versprechen mir, dass Sie Frau Maibichler nicht aus den Augen lassen?! Ich schicke, so rasch es geht, einen uniformierten Kollegen ins Spital. Wie es aussieht, ist die Dame in ein Verbrechen verwickelt. Sie darf also auf keinen Fall das Spital verlassen, ohne dass uns zuvor Bescheid gegeben wird!« Eva Brombspeidel hatte zwar keine Ahnung, welche Rolle Herta Maibichler in ihrem Fall spielte, aber dass sie wichtige Beweismittel beinahe in der Donau entsorgt hätte, deutete darauf hin, dass sie Dreck am Stecken hatte. Deshalb ging die junge Inspektorin lieber auf Nummer sicher.

Der Notarzt nickte. »Wir wissen Bescheid. Keine Sorge, bei uns ist Ihre Verdächtige in sicheren Händen. Wir passen schon darauf auf, dass sie Ihnen nicht abhandenkommt. Vorrangig ist für uns aber natürlich, dass sie wieder gesund wird. So ein Asthmaanfall mit Atemstillstand ist nicht zu unterschätzen.«

Brombspeidel, die vor allem an den Erfolg ihrer Ermittlungen dachte, erwiderte: »Hoffentlich ist sie bald wieder ansprechbar. Hier ist meine Karte. Könnten Sie mich bitte verständigen, sobald ich sie besuchen kann.«

»Aber sicher. Auf Wiedersehen.«

»Wiedersehen.«

Die Revierinspektorin blickte dem Rettungswagen nach, der im mittlerweile dichten Schneefall mit Blaulicht und Folgetonhorn den Parkplatz vor der Römerhalle verließ. Dann griff sie nach ihrem Handy, um endlich ihrem Chef davon zu berichten, dass sie in Mautern gerade einen unbezahlbaren Schatz gefunden hatte.

*

Konrad Krünkl, der Grafiker, der die Visitenkarten gestaltet hatte, war Meierhofer durchaus ein Begriff, auch wenn er ihn nicht persönlich kannte. Das lag aber nicht an seiner Profession, sondern an dessen Hobby, der Jagd. Der Chefinspektor selbst konnte nichts mit dem Jagen anfangen, aber in seiner

Familie hatte es einige passionierte Jäger gegeben. Darunter sein verstorbener Bruder, der immer wieder mit Krünkl und einer Reihe anderer Männer auf die Jagd gegangen war. Meierhofer konnte sich erinnern, dass dieser den Grafiker als selbstverliebten, arroganten Menschen beschrieben hatte. Krünkls Büro befand sich in Krems, nicht allzu weit vom Stadtpark entfernt. Aufgefallen war es Meierhofer noch nie.

»Guten Tag, Herr Krünkl. Meierhofer, Kriminalpolizei, das ist mein Kollege Staudinger. Hätten Sie einen Moment für uns?«, fackelte der Chefinspektor nicht lange, nachdem er das modern ausgestattete Bürogebäude betreten hatte.

Konrad Krünkl, ein elegant gekleideter Mann in den Fünfzigern, der anscheinend viel Wert auf sein Äußeres legte – böse Stimmen hätten ihn als geschniegelt bezeichnet –, wirkte nicht annähernd überrascht. Gut möglich, dass Frau Blümmer ihn angerufen und vorgewarnt hatte. Immerhin war er ein Freund ihres Mannes.

»Aber sicher, Herr Inspektor, es ist mir eine Freude, der Polizei behilflich sein zu können. Bitte, nehmen Sie doch Platz. Womit kann ich Ihnen dienen?« Dabei setzte er ein freundliches, schon beinahe schleimiges Lächeln auf.

Staudinger konnte ein Verhalten wie dieses nicht ausstehen. Seine Hand schnellte vor und hielt dem Mann eine der Blümmer-Visitenkarten unter die Nase.

»Sie können uns sicher erklären, aus wessen Feder der kalligrafische Schriftzug auf diesem Kärtchen stammt, Herr Krünkl«, meinte er scharf.

Konrad Krünkl bemühte sich redlich, die Contenance zu wahren. Trotzdem war ihm anzusehen, dass ihn diese Frage nicht kalt ließ.

»Da müsste ich nachschauen. Wir haben verschiedene Künstlerinnen und Künstler, die für uns arbeiten, unter Vertrag. Sie liefern uns Schriftzüge, Logos und Ähnliches. Aus wessen Feder der Blümmer-Schriftzug stammt, kann ich Ihnen leider nicht spontan beantworten.«

Meierhofer und Staudinger blickten einander an. Beide wussten, dass der Grafiker log. Aber wie sollten sie ihm das nachweisen? Der Chefinspektor legte sich gerade sorgfältig die nächsten Worte zurecht, als plötzlich Krünkls junge Assistentin, die das Gespräch bisher still hinter ihrem Computer verfolgt hatte, herausplatzte: »Den Blümmer-Schriftzug haben Sie doch selbst gestaltet, Chef, wissen Sie nicht mehr? Die Blümmers waren von Ihren Kalligrafie-Künsten beeindruckt und deshalb …«

Ein strafender Blick ihres Chefs ließ die junge Frau verstummen. Zu spät bemerkte sie, dass sie einen Fehler begangen hatte, der sie vermutlich ihren Job kosten würde.

»Vielleicht verwechsle ich da aber auch was«, murmelte sie in der Hoffnung, ihren Fauxpas ungeschehen machen zu können. Zu spät. Krünkls Contenance war Geschichte.

»Versuchen Sie erst gar nicht zu leugnen, dass Sie hinter dem Schriftzug stecken, Herr Krünkl! Besser, Sie zeigen sich jetzt geständig, als dass wir Ihnen durch unsere Grafologen auf die Schliche kommen«, biss Staudinger drauflos.

Meierhofer legte nach. »Mein Kollege hat recht, Herr Krünkl. Wenn Sie uns jetzt ehrlich erzählen, was es mit den Drohbotschaften auf sich hat, die Sie den Maibichlers gesandt haben, können Sie mit mildernden Umständen rechnen. Versuchen Sie weiter, uns für dumm zu verkaufen, macht sich das später vor Gericht gar nicht gut.«

Beim Wort Gericht stiegen Krünkls entsetzter Assistentin Tränen in die Augen. Anscheinend war sie nicht in die Machenschaften ihres Chefs verwickelt, sondern hatte ihn unwissend den beiden Inspektoren ausgeliefert.

»Drohbotschaften? Welche Drohbotschaften? Ich habe keine Ahnung, wovon Sie sprechen«, versuchte Krünkl dennoch, den Unschuldigen zu spielen.

»Von diesen Drohbriefen sprechen wir!« Staudinger knallte Kopien der beiden an die Maibichlers gerichteten Drohbotschaften auf den Tisch vor ihnen.

Wir wissen, was Alois getan hat. Er wird dafür büßen. Die blutige Tat muss gesühnt werden.

Einmal ein Verbrecher, immer ein Verbrecher. Alois wird noch bereuen, dass er sich die Hände schmutzig gemacht hat. Das Blut für immer abzuwaschen, ist unmöglich.

Konrad Krünkl starrte die beiden Briefe stumm an. Er war blass geworden. Sehr blass.

»Herr Maibichler ist abgängig, Herr Krünkl, wenn Sie ihm etwas angetan haben, steht es schlecht um Sie. Diese Drohbriefe machen Sie zu unserem Hauptverdächtigen im Vermisstenfall Maibichler. Es handelt sich um Ihre Schrift. Sie haben diese Botschaften mit derselben Kalligrafie-Feder geschrieben, mit der Sie auch den Blümmer-Schriftzug gestaltet haben. Nur, dass Ihnen in diesem Fall blutrote Tinte passender erschien. Warum haben Sie das getan, Herr Krünkl? Warum? Haben Sie Alois Maibichler auf dem Gewissen? Sind Sie vielleicht sogar dessen Mörder? Denken Sie daran, wenn Sie aufrichtig zu uns sind, wirkt sich das strafmildernd aus!« Meierhofer war entschlossen, ihrem Verdächtigen ein Geständnis zu entlocken.

Der Grafiker sackte in sich zusammen. »Mörder?! Ich?! I…ich wollte dem Maibichler doch nur Angst einjagen. Er sollte nicht damit durchkommen. Wir wussten alle, dass er dahintersteckt. Dass er Dreck am Stecken hat. Ich wollte zwar, dass er um sein Leben fürchtet, aber angetan hätte ich ihm natürlich nichts. Er sollte einfach dafür büßen, das ist alles.«

Der Chefinspektor blickte den Verdächtigen eindringlich an. »Wofür sollte er büßen, Herr Krünkl? Wofür?«

*

Eva Brombspeidel hatte einige Male versucht, ihren Chef auf dem Handy zu erreichen. Doch jedes Mal meldete sich Meierhofers Mailbox. Wie war Herta Maibichler in den Besitz dieser Schätze gekommen, überlegte sie, während sie mit ihrem wertvollen Fund in die Kremser Außenstelle des Landeskriminalamts Niederösterreich fuhr. Sie konnte kaum erwarten, was die näheren Analysen zu Tage bringen würden.

Noch immer war ihr nicht alles klar. Warum war es Herta Maibichlers Ziel gewesen, den Müllsack samt Inhalt für immer in der Donau zu versenken? Was steckte hinter alldem? Hatte all das mit dem Mord an Wilfried Palt und mit Alois Maibichlers Verschwinden zu tun? Brombspeidel seufzte, während sie noch etwas mehr aufs Gaspedal trat. Hoffentlich würde es nicht allzu lange dauern, bis sie Antworten auf diese Fragen bekam.

KAPITEL 17

»Herr Palt, wir haben nun Grund zu der Annahme, dass diese junge Dame kurz vor dessen Tod die Geliebte Ihres Vaters war. Könnten Sie sich dieses Foto bitte genau ansehen. Vielleicht kommt Ihnen Romy Uhlmeier ja doch bekannt vor.«

Chefinspektor Zöller reichte Philipp Palt eine Kopie des Fotos, das Lorelei Schrödinger ihm überlassen hatte. Es zeigte jene bildhübsche, große, junge Blondine, die Wilfried Palts Lebensabend versüßt hatte.

»Ach, verschonen Sie mich bitte mit diesen Dingen! Mein Vater hatte keine junge Freundin, das ist doch einfach nur lächerlich! Papa litt sehr unter dem Tod meiner Mutter, nie im Leben hätte er sich so kurz nach ihrem schrecklichen Unfall eine neue Freundin gesucht, schon gar nicht eine, die seine Enkelin hätte sein können!«

Erneut wunderte sich der Chefinspektor über diese Aussage, die so völlig anders klang als die von Gut. Unbeirrt fuhr er fort: »Apropos Enkelin, haben Sie eigentlich Kinder?«

Palt nickte.

»Ja, ich habe einen Sohn, Viktor. Er lebt allerdings nicht bei mir, sondern bei meiner Exfrau.«

»Ah, Sie sind geschieden«, erwiderte Zöller so beiläufig wie möglich.

»Zum Glück, ja, meine Ex ist eine Schreckschraube. Ein unmögliches Weib. Sie hat nie verkraftet, dass ich eine besonders innige Beziehung zu meiner Mutter hatte. Irgendwann hat sie mich dann vor die Wahl gestellt. Entweder würde ich den Kontakt zu meiner Mutter abbrechen, oder aber sie ließe sich scheiden. Ich hab mich natürlich für meine Mutter entschieden. Dass ich damit auch meinen Sohn verlieren würde, daran habe ich leider nicht gedacht, als ich diese Entscheidung getroffen habe. Viktor und ich sind uns also zu meinem Leidwesen nicht so nahe, wie wir es sein könnten. Na ja, mittlerweile ist er ohnehin erwachsen. Viktor ist dreiundzwanzig, es wird also nicht mehr lange dauern, bis er auf eigenen Beinen steht.«

Zöller bohrte weiter. »Sie und Ihr Sohn sind die einzigen Verwandten, die Ihr Vater hatte, habe ich recht?«

Philipp Palt zögerte einen Moment, dann antwortete er: »Nachdem er selbst ein Einzelkind war, ich ebenfalls eines bin und mein Sohn auch, ja. Eigentlich schrecklich. Außer Viktor und mir hatte mein Vater nach dem Tod meiner Mutter niemanden mehr. Nur Gustav Gut, der für ihn so etwas wie ein väterlicher Freund war. Der senile alte Depp.«

Zöller überging Palts letzte Bemerkung, stattdessen versuchte er, mehr über die Familie des Toten und seine Verbindung zu dieser herauszufinden. Vielleicht konnte er so das in seinen Augen immer noch viel zu verschwommene Bild Wilfried Palts etwas schärfer stellen. »Erzählen Sie mir doch etwas mehr über Ihren Sohn! Standen Viktor und sein Großvater sich nahe?«

Philipp Palt nickte. »Sehr nahe. Viktor hatte auch zu meiner Mutter eine sehr enge Beziehung. Er war das einzige Enkelkind meiner Eltern, kein Wunder also, dass sie ihn über alles liebten und ihn verwöhnten, wann und wo immer sie konnten. Das hat meine Exfrau zum Glück nicht unterbunden. Viktor durfte meine Eltern sehen, wann immer er wollte. Er hat in seiner Kindheit und Jugend mehr Zeit mit den beiden verbracht als mit mir. Dementsprechend hart hat ihn auch der Tod meiner Mutter getroffen. Für ihn ist mit dem schrecklichen Unfall seiner Omi eine Welt zerbrochen.«

»Wie verkraftet er den Verlust seines Opas?«, hakte Zöller interessiert nach. Wie ein Mensch zu Lebzeiten wirklich gewesen war, erkannte man häufig an den Reaktionen seiner Umwelt auf dessen Tod. Zu Zöllers Verwunderung zuckte Philipp Palt allerdings mit den Schultern. »Ich habe keine Ahnung. Viktor ist seit einigen Wochen im Rahmen einer Studienreise im Ausland unterwegs. Er trampt quer durch Asien und ist deshalb nur schwer erreichbar. Ich hatte noch gar keine Möglichkeit, mit ihm über den Tod seines Opas zu reden. Leider.«

Paul Zöller deutete auf die Kopie des Fotos, das ihm Lorelei Schrödinger gegeben hatte. Philipp Palt hielt diese immer noch in seinen Händen. »Ich wäre Ihnen sehr dankbar, wenn Sie das Foto behalten würden, Herr Palt. Sehen Sie es sich ab und zu an, zeigen Sie es Verwandten und Bekannten. Vielleicht kommt die junge Dame irgendjemandem bekannt vor. Eventuell fällt Ihnen doch noch etwas ein. Möglicherweise hat sie etwas mit dem Tod Ihres Vaters zu tun. Jeder Hinweis könnte also von Bedeutung sein.«

Schulterzuckend erwiderte Palt: »Wenn Sie meinen. Falls ich etwas in Erfahrung bringen sollte, melde ich mich bei Ihnen, Herr Chefinspektor. Auf Wiedersehen.«

Zöller reichte dem Sohn des Mordopfers die Hand. »Danke vielmals. Wiedersehen.«

Als der Chefinspektor das Gebäude verließ, schoss ihm nur ein Gedanke durch den Kopf. Irgendetwas stimmte hier nicht. Irgendetwas an Philipp Palt und seinen Erzählungen kam ihm spanisch vor. Er hatte allerdings keinen blassen Schimmer, was dieses Irgendetwas war.

*

Meierhofer und Staudinger blickten Konrad Krünkl erwartungsvoll an. Dieser schien sich mit seinen Antworten auf die Fragen des Chefinspektors ewig Zeit zu lassen. Ungeduldig wiederholte Meierhofer seine Frage: »Wofür sollte Alois Maibichler büßen, Herr Krünkl? Nun sagen Sie schon!«

Krünkl holte tief Luft, dann antwortete er endlich: »Alois Maibichler ist ein skrupelloser Kerl. Ein Wilderer, wie er im Buche steht. Das wissen wir mit Sicherheit, meine Jagdkollegen und ich. Wir wollten ihm einfach einen Dämpfer verpassen, ihm ein bisserl Angst einjagen. Es fiel uns schwer, ihm tatenlos zuzusehen. Nachweisen können wir ihm seine Wilderei nämlich nicht, weil wir ihn nie auf frischer Tat ertappt haben. Eine Anzeige stand also außer Frage.«

»Also haben Sie sich lieber selbst strafbar gemacht«, entgegnete Staudinger zynisch. Ihm war, genau wie Meierhofer, die Enttäuschung anzusehen. Sie hatten gehofft, dass Alois Maibichlers Schandtaten im Zusammenhang mit ihrem Mordfall standen.

Der Chefinspektor seufzte. »Sie geben also zu, die Drohbotschaften verfasst zu haben, Herr Krünkl?«

Der Grafiker nickte betreten. »Ja, ich hab die beiden Briefe geschrieben. Gemeinsam mit meinen Jagdkollegen. Sie meinten, dass die Nachrichten in meiner Schrift – noch dazu mit blutroter Tinte geschrieben – am wirkungsvollsten wären. Wir haben halt gehofft, Alois so viel Angst einzujagen, dass er das Wildern in Zukunft bleiben lassen würde.«

»Haben Sie keine Sekunde daran gedacht, dass man Ihnen auf die Schliche kommen könnte?«, fragte Staudinger erstaunt nach.

Krünkl schüttelte den Kopf. »Nein, wir dachten, dass die Maibichlers sich schämen würden. Dass sie die Polizei einschalten würden, das haben wir gar nicht in Betracht gezogen. Wir dachten, dass ihnen die Sache zu peinlich wäre. Außerdem hätte Alois, wenn er zur Polizei gegangen wäre, ja zugeben müssen, dass er ein Wilderer ist. Insofern hätten wir also ebenfalls unser Ziel erreicht. So oder so, die Wilderei hätte ein Ende gehabt. Dass dem Alois etwas passiert, das wollten wir mit Sicherheit nicht, Herr Inspektor. Das müssen Sie mir einfach glauben!« Krünkl machte eine Pause, dann flüsterte er: »Ist er wirklich verschwunden, der Alois?«

»Allerdings, das ist er, Herr Krünkl. Sie können nur hoffen, dass Ihre Jagdkollegen Ihre Version der Geschichte bestätigen. Egal, was kommt, Sie werden sich für das, was Sie getan haben, verantworten müssen. Das Verfassen derartiger Botschaften ist nämlich alles andere als eine Lappalie. Ich hoffe, Sie sind sich dessen bewusst, Herr Krünkl«, kam Staudinger seinem Chef zuvor.

Krünkl nickte erneut betreten. »Das ist mir bewusst, Herr Chefinspektor. Was wir getan haben, war dumm, aber wir haben es nicht böse gemeint. Wir wollten einfach, dass die Wilderei ein Ende hat. Das müssen Sie doch nachvollziehen können.« Krünkl warf Meierhofer einen flehenden Blick zu. Seine gesamte Arroganz und Selbstsicherheit hatten sich in Luft aufgelöst.

Dennoch konnte der Chefinspektor sich zu keiner freundlichen Antwort durchringen. »Selbstjustiz, in welcher Form auch immer, können wir niemals gutheißen, Herr Krünkl.«

*

Eva Brombspeidel sprachlos zu machen, war eigentlich ein Ding der Unmöglichkeit, aber der Anblick, der sich ihr gerade bot, machte das Unmögliche möglich. Sie hatte sich Handschuhe übergezogen und alles, was sich in dem schwarzen Müllsack befunden hatte, vor sich auf dem Tisch ausgebreitet. Eva Brombspeidel hatte ja schon einiges gesehen, aber so viel Blingbling auf einem Fleck, das hatte sie noch nie erlebt. Auch wenn sie kein Profi in diesen Dingen war, war der Revierinspektorin klar, dass hier, auf dem Tisch, ein kleines Vermögen ruhte. Schmuckstücke der besonderen Art, wunderschöne, wertvolle Antiquitäten. Mit dem Modeschmuck, den sie sich ab und zu leistete, hatte das nur wenig zu tun.

»Herta Maibichler, wie bist du nur an all diese Schätze gekommen?«, flüsterte die Inspektorin, während sie ein besonders beeindruckendes Collier in die Hände nahm. Wenn das hier echte Saphire waren, dann war dieses Ding einige ihrer Polizistinnen-Monatsgehälter wert.

»Ich wette, dass das irgendjemand irgendwo als gestohlen gemeldet hat«, raunte Brombspeidel, nachdem sie das traumhafte Stück wieder zurück an seinen Platz gelegt hatte, »genau wie all die anderen glitzernden Schätzchen hier.«

Seufzend griff die junge Inspektorin nach ihrem Handy, um erneut zu versuchen, ihren Chef zu erreichen. Er würde sicher wissen, wie man in dieser Sache weiter vorzugehen hatte. Doch das schrille Klingeln des Bürotelefons kam Eva Brombspeidel zuvor.

»Landeskriminalamt Niederösterreich, Außenstelle Krems, Brombspeidel, guten Tag«, flötete sie freundlich wie immer.

»Gregor, was verschafft mir die Ehre? … Nein, keine Ahnung, wo der Chef sich aufhält. Ich erreiche ihn auch nicht … Was?! Ehrlich?! … Nein, davon wusste ich nichts … Oh mein Gott, das ist ja schrecklich … Gut, ich sag's ihm. Sobald er hier ist, soll er sich bei dir melden … Mach's besser!«

Die Revierinspektorin beendete das Gespräch, und augenblicklich erschien Herta Maibichler vor ihrem inneren Auge. Ganz egal, was es mit diesem Schatz, den sie in der Donau versenken hatte wollen, auf sich hatte, die Frau tat ihr in diesem Moment einfach nur leid. Der heutige Tag, er war mit Sicherheit gerade zu einem der schrecklichsten in ihrem Leben geworden.

*

Nachdem Meierhofer und Staudinger Konrad Krünkls Büro verlassen hatten, standen sie auf der Straße und atmeten tief durch.

»Das muss ich erst mal verdauen.« Die Befragung des Grafikers lag Staudinger noch sichtbar im Magen. »Fahren wir und besprechen den Fall nochmals in Ruhe?«

Meierhofer nickte zustimmend. »Gute Idee, ich geb nur

schnell Irene Bescheid. Sie ist zwar gewohnt, dass es während eines Mordfalles häufig spät wird, aber wenn ich mich gar nicht melde, ist sie trotzdem not amused.«

Staudinger lächelte, während Meierhofer sein Handy aus der Jackentasche zog – besser gesagt, ziehen wollte. Als er es dort und auch im Rest seines Outfits nirgends fand, schwante ihm Böses.

»Himmelherrgott, Stefano, ich hab mein Handy während einer laufenden Mordermittlung im Auto liegen lassen! Die Senilität lässt grüßen!« Der Chefinspektor schlug sich mit der flachen Hand gegen die Stirn.

»Mach dir keinen Kopf, ich hatte ja meines dabei. Wenn uns jemand erreichen hätte wollen …«, Staudinger zog sein Handy aus der Hosentasche, »… al diavolo … lautlos! Wie konnte denn das passieren?! Mehr als zwanzig Anrufe in Abwesenheit! Der Großteil von Eva und Gregor.«

»Mehr als zwanzig Anrufe?! Gib mir dein Handy, Stefano, ich rufe Eva an und lasse mich von ihr auf den Stand der Dinge bringen!« Ohne lange zu zögern, griff Meierhofer nach dem Mobiltelefon seines Kollegen. Irgendetwas Wichtiges musste passiert sein. Warum sonst hätte Eva so oft versucht, sie zu erreichen?

Staudinger zuckte mit den Schultern und trat raschen Schrittes zu seinem Wagen, während sein Chef ein Stückchen zurückblieb. Gehen und gleichzeitiges Telefonieren fielen schließlich bereits in den Bereich Multitasking. Etwas, das Meierhofer schon immer lieber den Frauen überlassen hatte – Klischee hin oder her.

Als der Chefinspektor Eva Brombspeidel erreicht und ihren ersten Worten gelauscht hatte, blieb er dann endgültig stehen.

Diesmal aber nicht aufgrund des unliebsamen Multitaskings, sondern wegen der unglaublichen Neuigkeiten, die die junge Inspektorin für ihn hatte. Neuigkeiten, die einen baldigen Feierabend schlagartig in weite Ferne rücken ließen.

KAPITEL 18

»Hab ich das jetzt richtig verstanden? Du hast diesen Schatz hier Herta Maibichler abgeknöpft, die ihn in der Donau versenken wollte, woraufhin diese einen Asthmaanfall mit anschließendem Atemstillstand erlitten hat. Kurz darauf wurde nahe der Autobahnraststätte knapp vor Wien die Leiche ihres Mannes gefunden. Samt Abschiedsbrief und der Mordwaffe im Fall Palt. Kein guter Tag für die Familie Maibichler, wenn ihr mich fragt.«

Sowohl Meierhofer als auch Brombspeidel warfen Staudinger, der sich soeben gewaltig im Ton vergriffen hatte, einen strafenden Blick zu.

»Tut mir leid, wenn das gerade pietätlos rübergekommen ist«, meinte dieser daraufhin kleinlaut, »aber das, was du uns da erzählt hast, klingt doch absolut unglaublich, Eva.«

Meierhofer nahm die beeindruckenden Schmuckstücke auf dem Tisch vor sich genauer unter die Lupe. »Die müssen ein kleines Vermögen wert sein. Denkt ihr, dass Alois Maibichler Wilfried Palt deshalb ermordet hat? Wegen dieses Schatzes und weil er mit seiner Herta angebandelt hat? Ist Alois Maibichler tatsächlich wegen des Schmucks und seiner Eifersucht zum kaltblütigen Mörder geworden? Hat er Wilfried Palt alias Gustav Schönkirchner brutal niedergestochen? Mit einem Brieföffner? Ich weiß nicht, ob ich das glauben kann.«

»Du vergisst, dass Alois Maibichler perfekt in unser Täterprofil passt, Hans. Er war weit über eins achtzig und hatte ein einwandfreies Motiv. Wenn ihr mich fragt, ist unser Fall gelöst. Alois Maibichler tötet Wilfried Palt im Affekt und lässt den Schmuck, den er im Blockhaus findet, mitgehen. Er versteckt ihn irgendwo zu Hause, kommt mit dem Druck und dem schlechten Gewissen nicht klar und haut ab. Eine Weile irrt er in der Gegend umher, überlegt vielleicht, dauerhaft das Land zu verlassen, und wählt dann in seiner Verzweiflung dennoch den Freitod. Immerhin hat er einen einwandfreien Abschiedsbrief hinterlassen. Währenddessen findet Herta Maibichler den Schmuck, zählt eins und eins zusammen, denkt sich, dass sie diese Beweismittel in der Donau verschwinden lassen sollte, um ihren Mann zu entlasten. Dummerweise hat aber im selben Moment Eva ein ominöses Bauchgefühl, das sie Herta Maibichler auf frischer Tat ertappen lässt. Also, Fall abgeschlossen! Feierabend!« Staudinger klatschte zufrieden in die Hände.

»Na ja, grundsätzlich klingt das, was Stefano gerade gesagt hat, ziemlich schlüssig, Chef. Ich denke auch, dass Alois Maibichler unser Mann sein könnte. Warum hätte er sich sonst umgebracht?«, stimmte Brombspeidel Staudinger zu.

Doch Meierhofer war skeptisch. »Ist Gregor sicher, dass es sich um einen Selbstmord handelt? Könnte nicht der eigentliche Mörder hinter alldem stecken? Jemand, der wusste, dass Alois Maibichler Zeuge des Mordes geworden war, und ihn deshalb auslöschen wollte?«

»Und wer wäre dieser Jemand dann? Die junge Studentin, die ein Verhältnis mit Wilfried Palt alias Gustav Schönkirchner hatte, oder einer seiner Geschäftspartner in dieser Sache?«

Staudinger deutete auf den antiquarischen Schmuck.

»Gregor meinte nur, dass es auf den ersten Blick nach Selbstmord aussieht. Für genauere Untersuchungen wird wohl noch keine Zeit gewesen sein«, mischte Brombspeidel sich ein, »und die Sache mit dem Geschäftspartner finde ich eigentlich nicht so abwegig. Gregor und seine Leute müssen den Schmuck auf alle Fälle noch auf Fingerabdrücke untersuchen. Vielleicht hilft uns das ja weiter. Dass die junge Studentin Wilfried Palt auf dem Gewissen hat, kann ich mir irgendwie nicht vorstellen. Anscheinend war sie ehrlich in ihn verknallt, und tödliche, mithilfe eines Brieföffners zugefügte Stichwunden klingen nach einer Tat, für die es Kraft und Brutalität braucht. Also eher nach einem männlichen Täter.«

»Vergiss nicht, was rasende Wut in einem Menschen auslösen kann, Eva! Möglicherweise hat Wilfried Palt an diesem Abend mit seiner jungen Geliebten Schluss gemacht, woraufhin diese komplett ausgetickt ist.« Staudinger lehnte sich in seinem Sessel zurück und verschränkte die Hände hinter seinem Kopf.

»Ich dachte, du gehst ohnehin davon aus, dass Alois Maibichler der Mörder ist! Was soll also die …«, funkelte Eva ihn an.

»Wisst ihr, was?«, ging Meierhofer besänftigend dazwischen. »Wir fahren jetzt alle drei nach Hause, essen vernünftig, nehmen eine Dusche oder ein Bad und schlafen danach mindestens acht Stunden. Morgen früh gehen wir dann alles Schritt für Schritt durch. Das hier bringt keinen weiter. Der Tag war ganz schön lang, es ist unglaublich viel passiert.« An Staudinger gewandt, meinte der Chefinspektor: »Wir haben Eva ja noch gar nicht von den Drohbotschaften und Konrad

Krünkl erzählt.« Als er sah, dass der Gruppeninspektor etwas erwidern wollte, kam Meierhofer ihm rasch zuvor. »Aber auch das machen wir morgen, wenn wir wieder fit sind. Ich für meinen Teil krieg nämlich gerade gar nichts mehr auf die Reihe. Sowohl in meinem Kopf als auch in meinem Magen ist diese eigenartige Leere, die jegliche Form der Ermittlungsarbeit unmöglich macht. Und auch wenn ihr um einiges jünger seid als ich, denke ich, dass es euch beiden nicht anders geht. Also, ab nach Hause!«

»Du hast recht, Chef, ein wenig Abstand tut uns sicher gut. Morgen können wir wieder unvoreingenommen an alles herangehen. An dieser Unvoreingenommenheit fehlt es einigen von uns momentan nämlich«, kommentierte Brombspeidel Meierhofers Machtwort, wobei sie es nicht lassen konnte, Staudinger einen herausfordernden Blick zuzuwerfen.

Der ignorierte die bissige Bemerkung seiner Kollegin, griff nach seiner Winterjacke und meinte nur: »Arrivederci, Leute. Falls ich morgen früh nicht pünktlich bin, ist es ein Glas Rotwein zu viel geworden.«

Als der Chefinspektor die Bürotür hinter sich abschloss, rasten schreckliche Bilder durch seinen Kopf. Das Blutbad im Blockhaus, Alois Maibichlers Leiche, das Bild Herta Maibichlers, die im Spital wahrscheinlich gerade darum kämpfte, wieder gesund zu werden. Nicht ahnend, dass ihr Mann sich augenscheinlich das Leben genommen hatte. Egal, was heute Abend zu Hause auf ihn wartete, wo auch immer er diese Nacht verbringen würde – im Schlafzimmer, auf der Wohnzimmercouch oder erneut im Keller. Es konnte nur besser werden.

*

»Irene?! Marianne?!« Als Meierhofer wenig später das Haus verlassen vorfand, machte er sich große Sorgen. Abgesehen von Einstein, der sein Herrchen freudig wie immer begrüßte, war niemand zu Hause. War etwas passiert? Ging es Johanna etwa schlecht? Hastig griff der Chefinspektor nach seinem Handy, um sicherzugehen, dass er neben all den beruflichen Anrufen nicht auch einen seiner Gattin verpasst hatte. Doch nichts. Kein Anruf in Abwesenheit, keine SMS, keine WhatsApp-Nachricht. Wo waren sie bloß?

»Wo ist das Frauli, Einstein?«, wandte Meierhofer sich an seinen kleinen, haarigen Gefährten, doch dieser blickte ihn nur verständnislos an. Ein Zeichen dafür, dass das *Frauli* nicht im Haus war. Ansonsten hätte der kleine Malteser sich sofort auf die Suche gemacht.

Seufzend schlurfte der Kriminalbeamte Richtung Küche. Eventuell hatte Irene ihm dort eine Nachricht hinterlassen. In guter alter, wenn nicht schon antiquierter Zettelform. Und tatsächlich, auf dem Küchentisch lag ein weißes A4-Blatt.

Marianne und ich machen mit Johanna eine Spazierfahrt durch die Wachau. Sie schläft uns sonst heute gar nicht mehr ein. Essen ist im Backrohr. Bussi! Irene

Meierhofer musste schmunzeln. Eine Autofahrt, um das Kind zum Schlafen zu bringen. Das kannte er doch von irgendwo her. Jedes Mal, wenn Irene und er Lukas vor Jahren vom Kindergarten abgeholt hatten, waren sie eine extralange

Runde durch die Wachau gefahren, damit der Kleine zu seinem Nachmittagsschläfchen kam. Eine ausgiebige Wachau-Rundfahrt war die einzige Methode, ihn zum Schlafen zu bringen, die stets von Erfolg gekrönt gewesen war. Warme Milch mit Honig, Einschlaflieder, stundenlanges Vorlesen – nichts hatte funktioniert. Anscheinend kam Johanna also, was das Schlafen anging, nach ihrem großen Bruder. Wenn sie das auch in anderen Belangen tun würde, konnten Marianne und Karl sich freuen. Lukas war ein toller Junge, auch jetzt in der Pubertät machte er keinen Ärger, und seine Einschlafprobleme hatten sich längst in Luft aufgelöst. Mittlerweile war es, laut Marianne, eher ein Problem, ihn am Morgen wach zu bekommen. Ja, ja, so änderten sich die Zeiten.

Ein lautes Magenknurren veranlasste den Chefinspektor, einen Blick ins Backrohr zu werfen. Als er das gewaltige Stück Lasagne sah, das dort auf ihn wartete, hob sich seine Laune nachhaltig. Irenes Lasagne war ein Gedicht. Er hievte das gesamte Stück auf einen Hauptspeisenteller, wo es nur äußerst knapp Platz hatte, und verfrachtete sein Abendessen dann in die Mikrowelle.

Während er darauf wartete, dass die endlos scheinenden drei Minuten, die er der Lasagne zum Warmwerden zugedacht hatte, endlich verstrichen, leerte Meierhofer eine Flasche alkoholfreies Bier. Dabei musste er unwillkürlich an Alois Maibichler, den trockenen Alkoholiker, denken, der heute nahe eines Autobahnparkplatzes sein Leben gelassen hatte. War er wirklich ihr Mörder? Irgendetwas sagte dem Chefinspektor, dass es nicht so war. Es fühlte sich zu einfach an. Aber waren die einfachen Lösungen nicht oft die besten, wahrscheinlichsten?

Das schrille Piepen der Mikrowelle riss Meierhofer aus seinen Gedanken. Eigentlich hatte er gehofft, den Abend mit Irene verbringen zu können. Mit ihr über Johanna zu tratschen und so von seinem Fall abgelenkt zu werden. Aber nun, allein mit Einstein und der dampfenden Lasagne auf dem Teller vor ihm, wollte das einfach nicht gelingen. Es musste etwas geben, das sie übersehen hatten. Es musste einen Zusammenhang geben, der sich ihnen noch nicht erschlossen hatte, ein Puzzleteil, das sich vor ihnen verbarg.

Die Aussage des männlichen Models, dessen Namen er schon wieder vergessen hatte, fiel Meierhofer ein, als er den ersten Bissen der unglaublichen Lasagne in seinen Mund schob. Der junge Cross-Country-Läufer hatte berichtet, ein Streitgespräch gehört zu haben. Zwischen einer Frau und einem Mann – erst danach war Alois Maibichler im Wagen seiner Gattin Herta am Blockhaus angekommen. Meierhofer ließ für einen Moment die Vielzahl an Aromen – den Geschmack reifer Paradeiser, unzähliger italienischer Kräuter, des aromatischen Käses – auf sich wirken, bevor er weiterdachte. Hatte Wilfried Palt alias Gustav Schönkirchner mit seiner jungen Geliebten, die laut Paul Zöller wahrscheinlich Romy Uhlmeier hieß, an diesem Abend im Blockhaus eine Auseinandersetzung gehabt? Nach dem Besuch der Masseurin, die Frau Uhlmeier gesehen und später so genau beschrieben hatte? War Alois Maibichler in dieses Streitgespräch gekracht? Hatte er sich eingemischt, eventuell Romy Uhlmeier gegen ihren älteren Freund verteidigt? War das Blutbad gar kein geplanter Mord, sondern Totschlag gewesen? Möglicherweise die Folge eines unglücklichen Unfalls? Ein weiterer Bissen der himmlischen Lasagne lenkte den Chefinspektor für einen Augenblick von seinen Gedanken ab. Er durfte nicht vergessen, Irene später für diesen Gaumenschmaus zu danken.

Einstein wies mit einem leisen Jaulen darauf hin, dass auch er gerne etwas von dem festlichen Mahl seines Herrchens abgehabt hätte, aber Meierhofer nahm den kleinen Rüden gar nicht wahr. Romy Uhlmeier war wieder vor seinem inneren Auge erschienen. Welche Rolle spielte sie in ihrem Fall? Warum war sie verschwunden? Hatte sie etwas mit dem Tod von Wilfried Palt zu tun? War sie möglicherweise selbst bereits in die ewigen Jagdgründe eingegangen? Apropos Jagdgründe – war Alois Maibichler tatsächlich ein Wilderer gewesen? Waren die Drohbotschaften Krünkls nicht vielleicht doch aus ganz anderen Gründen geschrieben worden? Hatte er gewusst, dass Alois Maibichler zum Mörder geworden war? Zum Mörder an Wilfried Palt? Und wenn dies so war, dann woher? War er etwa ebenfalls am Tatort gewesen? War er zum Zeugen geworden? Hatte er sein Wissen genutzt, um Alois Maibichler zu erpressen? Wer war noch in ihren Fall verwickelt? Wilfried Palts Geschäftspartner, aber der erschien Meierhofer zu alt und gebrechlich für das Verbrechen. Kurz kam Meierhofer auch der Gedanke, dass Philipp Palt seinen Vater auf dem Gewissen haben könnte. Doch dann wurde ihm bewusst, dass dieser viel zu klein war, um ihr Täter sein zu können. War Wilfried Palt Opfer seiner illegalen Geschäfte geworden? Hatten seine Geschäftspartner ihn um die Ecke gebracht? Aber welche Rolle spielte dann Alois Maibichler? War etwa gar er einer dieser Geschäftspartner gewesen? Wie der Kriminalbeamte es auch drehte und wendete – er kam gedanklich einfach auf keinen grünen Zweig.

»Weißt du was, Einstein, wir beide machen jetzt einen Spaziergang. Vielleicht bringt mich das auf andere Gedanken«, meinte Meierhofer seufzend, während er den vom Malteserrüden blank geschleckten Teller in den Geschirrspüler räumte.

Das mit der Work-Life-Balance hinzubekommen, daran scheiterte er seit Jahrzehnten. Aber er hatte ja noch ein paar Jährchen bis zur Pension. Wenn er sich Mühe gab, konnte er es vielleicht noch schaffen. Eventuell würde er ihn ja noch finden, diesen magischen Kippschalter, der sein Gehirn zuverlässig vom Arbeitsmodus in den Freizeitmodus versetzte.

*

Nach einer halbwegs erholsamen Nacht – natürlich hatte Meierhofer auch vom Fall Palt geträumt – kam es am Frühstückstisch endlich zur gewünschten Ablenkung.

»Morgen, Schatz. Tut mir leid, dass du gestern schon geschlafen hast, als wir nach Hause gekommen sind, aber ich hab's nicht übers Herz gebracht, Marianne und Johanna aufzuwecken, und unsere Fahrt ein bisschen ausgedehnt«, begrüßte Irene ihren Göttergatten, als dieser schlaftrunken die Küche betrat.

»Warst du mit den beiden in Wien?«, fragte Meierhofer augenzwinkernd.

Irene drückte ihrem Mann ein Busserl auf die Wange und stellte einen perfekten Latte Macchiato vor ihm ab.

»Wien nehme ich das nächste Mal in Angriff. Du hättest die zwei sehen sollen, Hans. Wie die Engerln haben sie geschlummert. Jetzt machen sie übrigens gerade einen Morgenspaziergang. Johanna ist schon wieder seit Stunden wach. Hast du die Lasagne gefunden?«

Meierhofer nahm einen Schluck von seinem Latte Macchiato und griff dann nach einem Wachauer Laberl.

»Ein Hans Meierhofer findet grundsätzlich alles Essbare – die Lasagne war köstlich. Du hast dich damit wieder einmal selbst übertroffen.«

Irene lächelte, so zauberhaft, dass Meierhofer zum wiederholten Male feststellte, welch großes Glück er hatte, schon seit Jahrzehnten mit seiner Lebensliebe zusammen zu sein. Ein Glück, das immer weniger Menschen mit ihm teilten, zumindest erschien es ihm so. Er griff nach der Hand seiner Frau und sagte ernst: »Passt du eh auf, dass dir nicht alles zu viel wird, Schatz?«

Ein weiteres wunderschönes, wenn auch etwas müdes Lächeln Irenes war die Folge. »Mach dir keine Sorgen um mich, ich pack das schon. Ab morgen bin ich im Urlaub, dann kann ich mich ganz auf Marianne, Johanna und das nahende Weihnachtsfest konzentrieren. Es wird übrigens langsam Zeit für den Christbaum.«

Meierhofer schlug sich mit der flachen Hand gegen die Stirn. »Himmelherrgott, der Christbaum, auf den hab ich komplett vergessen! Und Geschenke hab ich auch noch keine gekauft – tut mir leid, Schatz, aber unser Fall geht mir einfach nicht aus dem Kopf. Da bleibt wenig Platz für anderes. Sei mir nicht böse, ja?«

Der Kriminalbeamte griff nach einer Scheibe Schinken, die er kunstvoll auf der unteren Hälfte des mittlerweile aufgeschnittenen Wachauer Laberls drapierte, dann ließ er auch noch eine Scheibe Gouda folgen.

Irene biss in ihr Marmeladenkipferl. »Böse? Aber geh, ist ja nicht das erste Mal, dass deine Ermittlungen dich voll in Anspruch nehmen.« Der Rest des Kipferls verschwand in Irenes Mund. »Hoffentlich schließt du den Fall noch vor Weihnachten ab. Damit du zumindest die Weihnachtsfeiertage und Silvester genießen kannst. Immerhin wird es Johannas erstes Weihnachten, diesen Moment gibt dir keiner zurück.«

»Welchen Moment gibt einem schon irgendjemand zurück?«, schoss es Meierhofer durch den Kopf. Und da sah er sie wieder vor sich. Gustav Schönkirchner alias Wilfried Palt und Alois Maibichler, die all ihre Momente schon hinter sich hatten. Endgültig.

KAPITEL 19

»Morgen, Chef. Und, hast du dich heute Nacht gut erholt? Ich hab uns ein kleines zweites Frühstück mitgebracht. Nuss- und Mohnschnecken.« Eva Brombspeidel sprühte vor Energie, als sie die Kremser Außenstelle des Landeskriminalamts Niederösterreich betrat. Meierhofer dachte wieder einmal, wie sehr er sie um diesen Elan beneidete.

»Na ja, gut erholt ist vielleicht etwas übertrieben, aber es könnte schlimmer sein. Der Fall hat mich halt keine Sekunde ausgelassen. Für mich fühlt es sich nicht so an, als wäre er abgeschlossen. Genaueres wissen wir aber erst, wenn Gregor uns Details über den Leichenfund nahe des Autobahnparkplatzes liefern kann.«

Brombspeidel packte die Nuss- und Mohnschnecken, die köstlich aussahen und wunderbar dufteten, aus. »Das wird aber noch ein bisschen dauern. Gregor war, als wir gestern telefoniert haben, schon ziemlich fertig. Ich denke nicht, dass er und seine Leute die ganze Nacht durchgearbeitet haben. Willst du gleich ein Stück?«

Der Chefinspektor schüttelte den Kopf. »Danke, ich hab gerade erst gefrühstückt, aber später gerne. Heb mir ein Nussschneckerl auf.«

»Apropos Schneckerl, wir sollten uns vielleicht doch auf diese Romy Uhlmeier stürzen. Ich hab mir das gestern Abend noch durch den Kopf gehen lassen – irgendwie kommt es mir spanisch vor, dass sie verschwunden ist. Auch wenn ich gestern eher skeptisch war, was das angeht, denke ich jetzt, dass sie eventuell etwas mit dem Mord an Wilfried Palt zu tun hat. Sie muss ja nicht selbst zugestochen haben.« Die junge Revierinspektorin griff nach einer der Mohnschnecken und biss genüsslich hinein.

»Entweder sie ist untergetaucht, weil sie etwas verbrochen hat, oder aber sie ist die Nächste, deren Leiche wir finden«, murmelte Meierhofer nüchtern.

»Das kann natürlich auch sein«, stimmte Brombspeidel zu, bevor sie einen weiteren Bissen ihrer Mohnschnecke nahm.

In diesem Moment ging die Tür auf, und Staudinger, schick wie ein Model, betrat das Büro. Heute war er in sattem Bordeaux und hellem Grau gekleidet, was ihm außergewöhnlich gut stand.

»Buongiorno, meine Lieben! Wie ihr seht, hab ich mich gestern Abend beim Rotweinkonsum doch zurückgehalten. Ich fühl mich wie neu geboren«, flötete er. »Gibt's schon irgendetwas Neues?«

Meierhofer und Brombspeidel schüttelten die Köpfe.

»Nein, dafür ist es noch zu früh. Wir müssen abwarten, was Gregor und sein Team herausfinden. Das kann noch eine Weile dauern«, erklärte die Revierinspektorin schließlich, während ihr Chef zur Kaffeemaschine ging, um sich den zweiten Latte Macchiato des Tages zu machen.

»Mhm, Nuss- und Mohnschnecken. Hebst du mir eine Mohnschnecke auf, Eva? Ich hab gerade ein üppiges italienisches Frühstück zu mir genommen. Fühl mich wie ein Walross.« Staudinger klopfte auf seinen Waschbrettbauch, der von der Körpermitte eines Walrosses meilenweit entfernt war.

»Aber sicher. Eine Nussschnecke für den Chef und eine Mohnschnecke für dich. Ist vermerkt … Augenblick … Seht mal, was da eben hereingekommen ist!« Brombspeidel deutete auf den Bildschirm ihres Computers. Sie war gerade dabei, die eingegangenen Mails zu checken.

Meierhofer und Staudinger kamen näher. Beide starrten sie ihrer Kollegin über die Schultern. »Öffne den Anhang, Eva!«, drängte Staudinger Brombspeidel.

»Und was ist, wenn wir uns dann irgendetwas einfangen?«, fragte die unsicher nach.

»Wenn's so sein sollte, bekommen das die Kollegen von der EDV schon hin. Wenn du den Anhang nicht öffnest, wissen wir nicht, ob an der Nachricht was dran ist!« Der Gruppeninspektor zeichnete sich nicht gerade durch seine Geduld aus.

Brombspeidel wandte den Kopf in Meierhofers Richtung. Der nickte. »Stefano hat recht, Eva, wenn du den Anhang nicht öffnest, finden wir nicht heraus, ob die Nachricht ein Fake ist … Schaut mich nicht so erstaunt an, das Wort *Fake* kenn ich von Lukas.«

Die Revierinspektorin zögerte zwar noch einen Moment, klickte dann aber auf das Foto, das man mit der Mail versandt hatte.

»Oh, mein Gott«, entfuhr es ihr. Meierhofer und Staudinger sagten für einen Moment gar nichts. Bis der Chefinspektor sich räusperte. »Okay, leider kein Fake. Ich glaube, wir sollten Paul Zöller informieren.«

*

Immer schlimmer. Es wird immer schlimmer. Das Blut, die Bilder des Blutes, sie werden nie verschwinden. Und all die anderen schrecklichen Bilder auch nicht. All die Sünden. All diese Sünden. Sünden, von denen man nie wieder reingewaschen werden kann. Und das Blut, das viele Blut.

*

Gerade als Meierhofer und seine Leute nach Wien aufbrechen wollten, um dort mit Paul Zöller vor Ort zu besprechen, wie man weiter vorgehen würde, schneite Gregor, der Spurensicherer, herein.

»Grüß euch, Leute! Ich habe Neuigkeiten. Jede Menge Neuigkeiten ... Was ist los? Ihr seht nicht gerade aus, als würdet ihr euch über meinen Besuch freuen. Dabei gibt's heute gar keine Pizza, die ich euch unter der Nase wegschnappen könnte. Ist was passiert? ... Ah, lecker, Nussschnecken!«

Ohne zu fragen, ob es okay war, wenn er sich bediente, griff Gregor nach einer der Köstlichkeiten. Weder Meierhofer noch Staudinger noch Brombspeidel tangierte das. Sie hatten andere Sorgen.

»Wir haben's ziemlich eilig, Gregor. Die Ereignisse überschlagen sich gerade. Wir müssen dringend nach Wien, um mit Paul Zöller vor Ort zu ermitteln. Momentan sieht es stark danach aus, als wäre Gefahr im Verzug«, erklärte der Chefinspektor, während er in seine Winterjacke schlüpfte.

Ein erstaunter Blick des Spurensicherers war die Folge. »Was?! Ich hab doch gestern die Leiche eures Mörders mit eigenen Augen gesehen! Dieser Maibichler hat sogar einen

Abschiedsbrief hinterlassen. Er muss der Täter sein. Schaut euch die Fotos an! Der arme Kerl hat sich das Hirn aus dem Schädel geschossen. Ein gezielter Schuss, dann war alles vorbei. Auf der Waffe waren nur seine Fingerabdrücke, auf dem Schmuck, den Eva gefunden hat, waren die übrigens auch. Seine und die seiner besseren Hälfte. Ich sag euch, der Typ hat mit diesem Schönkirchner alias Palt krumme Geschäfte gemacht, es ist zum Streit um Geld gekommen, und dann hat er im Affekt zugestochen. Mit einem Brieföffner, den wir in dem Auto, mit dem er unterwegs war, gefunden haben. Auf dem Griff des Brieföffners waren allerdings keine Fingerabdrücke mehr. Den hat er gründlich abgewischt. Aber dafür konnten wir auf der Spitze Blutspuren nachweisen. Wilfried Palts Blut. Es ist also alles klar. Alois Maibichler hat Wilfried Palt alias Gustav Schönkirchner im Streit um Geld um die Ecke gebracht. Das schlechte Gewissen hat ihn dann fertiggemacht. Bis er keine andere Möglichkeit mehr gesehen hat, als mit seinem Leben Schluss zu machen. Steht zumindest in dem Brief, den er hinterlassen hat. Das Auto seiner Frau, mit dem er die Leiche schließlich bis Wien chauffiert hat, hat er echt gründlich geputzt. Darin konnten wir nichts finden, was ihm den Mord an Wilfried Palt nachweisen würde. Aber sonst ist es glasklar. Alois Maibichler ist, oder besser gesagt, war, der Mann, den ihr sucht. Was wollt ihr also in Wien?«

Gregor schob sich ein riesengroßes Stück Nussschnecke in den Mund. Dann reichte er Meierhofer den Bericht samt der Fotos, die er für den Chefinspektor vorbereitet hatte.

»Das ist eine lange Geschichte, Gregor. Danke für die Unterlagen. Wir sehen uns das auf der Fahrt in Ruhe an und melden uns, wenn wir Genaueres wissen. Du kannst dir gerne auch noch eine Mohnschnecke nehmen, wenn du willst, nicht wahr, Eva?«

Brombspeidel nickte.

»Nimm dir, was immer du willst, Gregor. Bis wir aus Wien zurück sind, ist das Zeug ohnehin staubtrocken.«

Entgeistert sah der Spurensicherer den dreien nach, als sie das Büro verließen. Die Reaktionen auf seinen Bericht hatte er sich ganz anders vorgestellt. Irgendwo zwischen Euphorie und Dankbarkeit. So konnte man sich täuschen.

*

»Warum machst du das?! So war das doch nicht abgesprochen! Wir sind ein Team, stehen auf derselben Seite! Hast du das etwa schon vergessen?!«

»Halt die Klappe! Ich weiß schon, was ich tue! Wenn du dem Alten nicht in die ewigen Jagdgründe folgen willst, verhältst du dich am besten ganz ruhig! Ganz ruhig, hast du mich verstanden?!«

*

Meierhofer, der neben Staudinger am Beifahrersitz saß, blätterte Gregors Bericht in Ruhe durch. Dabei betrachtete er zum gefühlt hundertsten Mal vor allem das Bild der Leiche Maibichlers ganz genau. Irgendetwas daran machte ihn stutzig, irgendetwas stimmte nicht. Es zeigte Alois Maibichlers sterbliche Überreste, die einen schrecklichen Anblick boten. Er hatte sich die Waffe an die rechte Schläfe gehalten und abgedrückt, so stand es in Gregors Bericht, und so war es auch deutlich zu sehen. Der Chefinspektor wusste, dass Maibichler sich nicht selbst umgebracht hatte, er wusste, dass er den Grund, warum es nicht so gewesen sein konnte, kannte, aber im Moment kam er einfach nicht drauf. Wie immer, wenn er verzweifelt nach einem Namen oder irgendwelchen anderen Fakten grübelte, wollte ihm das Gesuchte partout nicht einfallen. Er musste sich gedanklich ablenken, dann würde er schon kommen, dieser Augenblick der Erleuchtung, auf den er verzweifelt wartete. Da er mit dem Foto der Leiche nicht weiterkam, wandte sich Meierhofer der Kopie des vermeintlichen Abschiedsbriefes zu, die Gregor dem Bericht beigelegt hatte.

Ich kann nicht mehr. Das Leben macht so keinen Sinn mehr. Ich bereue vieles. Es wird Zeit, endlich einen Schlussstrich zu ziehen. Es tut mir leid, Herta, dass ich dich in all das hineingezogen habe. Ich liebe dich! Dein Alois

Der Chefinspektor las den Brief ein zweites und ein drittes Mal. Das konnte natürlich ein Abschiedsbrief sein, musste es aber nicht. Vielleicht war es auch einfach nur ein Brief, den Maibichler seiner Frau hatte schicken wollen. Ein Brief, in dem er erwähnte, dass ihm vieles leidtat. Vom Mord an Wilfried Palt war nicht die Rede. Auch dass er plante, sich umzubringen, stand nicht in Alois Maibichlers Nachricht. Einen Schlussstrich ziehen konnte ja auch auf anderes hindeuten: das Ende einer Beziehung, eine Veränderung des Lebenswandels, ein Neustart, in welche Richtung auch immer … Der Freitod wurde mit keinem Wort erwähnt. Je länger er darüber nachdachte, desto sicherer war Meierhofer sich, dass jemand anderes Alois Maibichler auf dem Gewissen hatte. Der Mann hatte sich nicht selbst getötet. Das wusste er. Aber warum wusste er das? Was war es, das er übersah? Was machte ihn insgeheim so sicher, dass Alois Maibichler kein Selbstmörder war?

Eva Brombspeidel riss den Chefinspektor aus seinen Gedanken, gerade als der das Gefühl hatte, der Lösung des Rätsels einen Schritt näherzukommen. »Woher das Mail kommt, kann uns keiner sagen. Die Kollegen von der IT haben sich das genau angesehen, aber der Absender ist nicht lokalisierbar. Das Mail führt sozusagen ins Nichts. Kein Wunder in der heutigen Zeit. Da war ein Profi am Werk.«

»Was hat Paul eigentlich zu dem Foto gesagt? Ist er sich sicher, dass es das zeigt, was wir vermuten?«, brachte Staudinger, der wieder einmal ein schönes Stück über den erlaubten Tempolimits unterwegs war, sich ins Gespräch ein.

»Ja, das ist er«, erwiderte Meierhofer. »Deshalb wollte er ja auch, dass wir gleich kommen. Er denkt, dass die Sache ernst ist, und will alles tun, um das Schlimmste zu verhindern. Dazu braucht er unsere Hilfe.«

»Na hoffentlich können wir ihm helfen«, murmelte Brombspeidel nüchtern. Ihr war mulmig zumute, wenn sie daran dachte, was auf dem Spiel stand. Sie mussten schnell sein und richtig handeln, wenn sie vermeiden wollten, dass eine weitere Leiche diesen Fall zu einem noch schrecklicheren werden ließ.

*

Paul Zöller drückte die Klingel der Wiener WG-Wohnung Romy Uhlmeiers nun bereits zum dritten Mal, doch noch immer gab es keine Reaktion auf sein Drängen. War Lorelei Schrödinger etwa bereits an der Uni? Einen weiteren Versuch machte der Chefinspektor noch. Gerade als er den Rückzug antreten wollte, wurde die Wohnungstür doch geöffnet. Anscheinend hatte er Romy Uhlmeiers WG-Mitbewohnerin beim Duschen überrascht. Darauf ließen zumindest das pinkfarbene Handtuch um ihren Kopf und der knallgelbe Bademantel, den sie trug, schließen.

»Entschuldigen Sie die Störung, Frau Schrödinger, aber ich hätte eine Bitte an Sie.«

»Kein Problem, Herr Inspektor, was kann ich für Sie tun?«, entgegnete die junge Dame freundlich. Anscheinend machte sie sich keinerlei Gedanken darüber, dass sie dem Kriminalbeamten in nichts außer einem Bademantel gegenüberstand. Paul Zöller selbst war das jedoch unangenehm.

»Ich möchte Ihnen noch ein paar Fragen zu Romy Uhlmeier und deren Lebenswandel stellen. Außerdem würde ich, wenn das für Sie okay ist, gerne einen Blick in ihr Zimmer werfen. Wenn Sie wollen, könnten Sie sich so lange umziehen.« Zöllers Vorschlag war kein ganz uneigennütziger. Falls Lorelei Schrödinger ihn allein in Romy Uhlmeiers Zimmer lassen würde, fand er vielleicht mehr.

»Ist irgendetwas passiert?«, roch Lorelei Schrödinger sofort Lunte.

Zöller wiegelte ab. »Nein, keine Sorge, das ist reine Routine, Frau Schrödinger. Darf ich nun reinkommen?«

Die Studentin nickte zögerlich. »Warum nicht, ich denke, dass es für Romy in Ordnung wäre. Folgen Sie mir, ich zeige

Ihnen Romys Zimmer und werfe mir dann wirklich schnell etwas über. Meine Chinesisch-Vorlesung beginnt in einer halben Stunde.«

Der Chefinspektor heftete sich an Lorelei Schrödingers Fersen. Die Wohnung war hübsch eingerichtet. Klein, aber fein – eine typische Studentenbude.

»Das hier ist Romys Zimmer.« Lorelei Schrödinger öffnete eine mit Fotos zugepflasterte Tür. »Romy macht für ihr Leben gerne Selfies. Deshalb auch die eigenwillige Türdeko.«

Bevor er Romy Uhlmeiers kleines Reich betrat, widmete Zöller sich einige Momente lang den Selfies auf der Zimmertür. Romy Uhlmeier war eine bildhübsche junge Frau. Sie wusste genau, wie man sich gekonnt in Szene setzte. Jedes der Fotos, die sie auf die Tür geklebt hatte, war gelungen. »Ich geh mich umziehen. Geben Sie mir Bescheid, falls Sie etwas brauchen, ja?« Die junge Studentin verschwand hinter der gegenüberliegenden Tür.

»Hallo, Bäckchen«, begrüßte Paul Zöller Romy Uhlmeiers Hamster, der zufrieden in seinem Käfig schlief. Anscheinend hatte er den Trennungsschmerz bereits überwunden. Als eine Reaktion des Hamsters ausblieb, wandte Zöller sich dem Rest des Raumes zu. Wie auch die Zimmertür war er mit Selfies zugepflastert. Selfies, die Romy Uhlmeier allein, aber auch mit vielen anderen Leuten zeigte – jungen wie alten. Wilfried Palt war allerdings, soweit Zöller das beurteilen konnte, nicht dabei. Von den Selfies abgesehen, wirkte Romy Uhlmeiers WG-Zimmer wie ein klassisches Studentenzimmer. Es war alles da, was man zum Leben und Arbeiten unbedingt brauchte: ein Bett, ein Schreibtisch samt Laptop und Drucker, ein Kleiderkasten und eine Kommode, außerdem ein Fernseher und eine kleine Stereoanlage. Auf den ersten Blick schien nichts ungewöhnlich. Auf den ersten Blick.

*

Während Staudinger den Wagen parkte, machten Meierhofer und Brombspeidel sich auf zu Paul Zöllers Einsatzzentrale.

»Wien ist zwar eine echt schöne Stadt, aber leben möchte ich hier beim besten Willen nicht«, meinte die Revierinspektorin, deren Verwandtschaft bekanntlich schon Krems als Großstadt bezeichnete. »Ich bin und bleibe eben zu hundert Prozent ein Landei.«

Meierhofer machte sich Gedanken darüber, wie es sich wohl anfühlte, in der Bundeshauptstadt zu leben. Nach einer kurzen Pause erwiderte er: »Ein Landei zu sein, ist ja nichts Schlechtes. Jedem das Seine.«

Als ihnen ein Schäferhund entgegenkam, der sein Herrchen durch die Straßen Wiens schleppte, wollte der Chefinspektor eine Bemerkung zum Thema Hundehaltung in der Großstadt machen. Doch plötzlich schoss ihm der sehnlichst erwartete Geistesblitz durch den Kopf.

»Aber natürlich! Die Hundeleine! Jetzt weiß ich wieder, warum ich mir so sicher war, dass Alois Maibichler sich nicht selbst erschossen hat!«, entfuhr es Meierhofer. Als er Brombspeidels verständnislosen Blick bemerkte, erklärte er: »Alois Maibichler hat sich laut Gregors Angaben und den Fotos vom Tatort in die rechte Schläfe geschossen, um seinem Leben ein Ende zu bereiten. Ich war mir von Anfang an sicher, dass daran etwas nicht stimmen kann, bin aber nicht draufgekommen, was. Jetzt weiß ich es wieder! Alois Maibichler war Linkshänder! Er hat damals, als wir ihn vor seinem Haus abgefangen haben, die Hundeleine in der linken Hand gehalten und seinen Hasso später auch mit der linken Hand abgeleint. Ich bin mir sicher, dass Maibichler Linkshänder war. Wir müssen unbedingt seine Frau danach fragen.«

»Und wenn er Linkshänder war, hätte er sich nie mit der rechten Hand eine Kugel in den Kopf gejagt«, folgerte Brombspeidel nickend.

»Genau. Jemand wollte es so aussehen lassen, als hätte Maibichler sich umgebracht, und hat fälschlicherweise vergessen zu recherchieren, ob dieser Links- oder Rechtshänder war«, stimmte Meierhofer seiner jungen Kollegin zu.

»Aber warum hätte jemand Maibichler umbringen sollen?«, kamen der Revierinspektorin Zweifel.

Ihr Chef zuckte mit den Schultern. »Da gibt's wahrscheinlich mehrere Möglichkeiten. Entweder wollte man ihm so, in Kombination mit dem vermeintlichen Abschiedsbrief, den Mord an Wilfried Palt in die Schuhe schieben. Oder aber, er wusste zu viel und musste deshalb beseitigt werden. Möglich wäre natürlich auch, dass er den Mord an Palt beobachtet hat und zum Erpresser geworden ist. Einem lästigen Erpresser, den man auf diese Weise gewaltsam loswerden wollte. Ich denke, man hat ihn unter einem Vorwand zu dem Autobahnparkplatz nahe Wien gelotst, um ihn dort dann um die Ecke zu bringen. Wie auch immer man es dreht und wendet. Wenn Alois Maibichler ermordet wurde, macht mich das umso sicherer, dass er mit dem Mord an Wilfried Palt nichts zu tun hatte. Möglicherweise sind wir nun also auf der Suche nach einem zweifachen Mörder, Eva. Nach einer Person, die sowohl Wilfried Palt als auch Alois Maibichler auf dem Gewissen hat.«

*

Paul Zöller starrte auf die Lade, die er eben geöffnet hatte. Besser gesagt, auf deren Inhalt. War es üblich, dass eine junge Studentin Schmuck wie diesen besaß? Noch dazu in der Menge? Unzählige Ringe, Ketten, Ohrringe und Armreifen lagen da vor ihm, und kein einziges der vielen Schmuckstücke sah nach billigem Modeschmuck aus. Das hier waren Antiquitäten.

»Romy hat das Zeug geerbt. Von ihrer Oma, die im letzten Sommer gestorben ist. Schlaganfall. Ich hab Romy gesagt, dass sie die Klunker verscherbeln soll, aber sie hat's nicht übers Herz gebracht. Ich glaube, mit ein, zwei Stücken ist sie bei einem Antiquitätenhändler gewesen. Hätte ein Vermögen dafür bekommen. Aber unsere Romy ist keine Kapitalistin. Sie konnte sich nicht dazu durchringen, das Zeug zu verkaufen.« Lorelei Schrödinger war im Türrahmen erschienen. Mittlerweile trug sie Jeans und einen dicken Rollkragenpulli. Nur der Handtuch-Turban saß unverändert auf ihren Kopf.

»Geerbt, von ihrer Oma«, murmelte Zöller. Irgendetwas sagte ihm, dass Romy Uhlmeier ihrer WG-Mitbewohnerin in dieser Sache einen Bären aufgebunden hatte – und nicht nur in dieser Sache. Unauffällig tastete er nach dem Foto, das er unter seiner Jacke hatte verschwinden lassen. Es war noch da. Dieses pikante Machwerk, das ihn in seinen Ermittlungen hoffentlich ein schönes Stück weiterbringen würde, auch wenn er es auf nicht ganz legalem Weg erworben hatte.

KAPITEL 20

»Grüß dich, Paul! Wo warst du denn so lange? Wir warten schon eine Ewigkeit hier.« Meierhofer stand auf, ging seinem Wiener Kollegen entgegen und umarmte ihn freundschaftlich. Staudinger tat es ihm wenig später gleich. Nur Brombspeidel begnügte sich mit einem Händeschütteln.

»Ich hab mich ein bisschen in Romy Uhlmeiers Leben umgesehen. Ihr werdet nicht glauben, was ich dabei entdeckt habe. Unmengen an wertvollem alten Schmuck – denke ich zumindest – und dieses pikante Foto hier.«

Meierhofer, Staudinger und Brombspeidel betrachteten das Foto. Alle drei dachten dasselbe. Dieses Bild änderte alles.

»Was haltet ihr davon, Gustav Gut einen Besuch abzustatten? Ich würde dem alten Herren gerne ein Foto Romy Uhlmeiers zeigen«, schlug Zöller, der sich seine Winterjacke erst gar nicht ausgezogen hatte, vor. »Und außerdem dieses Bild.« Der Wiener Chefinspektor zog sein Handy aus der Tasche. Er hatte ein Foto des Schmucks, den er in Romy Uhlmeiers Zimmer gefunden hatte, gemacht.

»Wow, das sind aber wirklich ganz schön viele Klunker. Erinnert mich an den Schatz, den ich Herta Maibichler abgeknöpft habe«, entfuhr es Brombspeidel.

»Apropos Herta Maibichler. Wie geht es der Frau eures Selbstmörders eigentlich? Ich meine, so rein gesundheitlich«, hakte Zöller nach.

»Alois Maibichler hat sich nicht selbst getötet. Er war Linkshänder, ihm wurde aber an der rechten Schläfe in den Kopf geschossen. Wir suchen also wahrscheinlich mittlerweile einen zweifachen Mörder. Und was Herta Maibichler angeht, ich habe keine Ahnung, wie es um ihren Gesundheitszustand steht. Du etwa, Eva?«

Brombspeidel schüttelte den Kopf. »Nein, leider. Gestern habe ich es nicht mehr geschafft, mich darum zu kümmern, und heute war auch noch keine Zeit dazu. Ich weiß nicht mal, wer sie über den Tod ihres Mannes in Kenntnis gesetzt hat. Erinnert mich bitte daran, dass ich, sobald wir hier fertig sind, nach ihr sehe! Ich denke, das bin ich ihr schuldig.«

»Im Krankenhaus ist Herta Maibichler momentan sicher am besten aufgehoben, mach dir keine Sorgen um sie, Eva«, mischte Staudinger sich in das Gespräch ein. »Aber nun auf zu Herrn Gut! Ich bin gespannt, was er uns zu sagen hat.«

*

»Du bist doch komplett wahnsinnig! Mit dieser Aktion machst du es nur schlimmer! Kapierst du das denn nicht?!«

»Hab ich dir nicht gesagt, dass du die Klappe halten sollst?! Wenn du nicht gleich still bist, kleb ich dir den Mund zu! Dann kannst du sie nicht mehr benutzen, deine schönen Lippen – nicht zum Reden und auch zu anderem nicht! Dann bist du stumm wie ein Fisch im Wasser. Wie ein wunderschöner Koi-Karpfen. Hübsch anzusehen, aber leider nicht sehr kommunikativ.«

*

Gustav Gut wirkte noch etwas gebrechlicher als bei ihrem letzten Besuch. Müde begrüßte er die vier Kriminalbeamten: »Ah, die Polizei, was verschafft mir die neuerliche Ehre?«

»Schön, dass Sie sich an uns erinnern können, Herr Gut, wir hätten da noch ein paar Fragen an Sie«, begann Zöller. »Kennen Sie diese junge Frau?«

Der Wiener Chefinspektor reichte dem alten Mann das Foto Romy Uhlmeiers, das Lorelei Schrödinger ihm bei der ersten Befragung überlassen hatte. Gustav Guts Miene ließ darauf schließen, dass ihm die Frau auf dem Bild nicht unbekannt war. Und tatsächlich. »Aber sicher kenne ich diese junge Dame. Das ist die Steffi, ich hab Ihnen letztes Mal, glaube ich, von ihr erzählt. Sie ist die Aushilfe, die eine Zeit lang hier gearbeitet hat, als Wilfried das letzte Mal in die Wachau gereist ist. Leider hat sie mich, genau wie er, aber sehr rasch im Stich gelassen. Dabei hat Philipp die junge Dame damals in den Himmel gehoben. Gemeint, dass wir gar keine bessere Aushilfe finden könnten. Eine hübsche junge Frau wie sie, die mit den Kunden umgehen konnte und Erfahrungen im Schmuckgeschäft vorzuweisen hatte. Eine geeign…«

»Moment, Moment! Philipp?! Sie meinen doch nicht etwa Philipp Palt, Wilfrieds Sohn?«, unterbrach Paul Zöller den alten Herren.

Der nickte vehement. »Doch, doch, Philipp hat uns diese Steffi vermittelt. Mich hat das schon sehr gewundert, weil er ja eigentlich absolut nichts mit dem Geschäft zu tun haben möchte, aber diese Steffi als Aushilfe anzustellen, war Philipps Idee. Wenn ich's mir recht überlege, war sie nicht nur während Wilfrieds Reise in die Wachau bei uns, sondern schon früher. Einige Wochen zuvor. Kurz nach Mathildas Tod. Philipp hatte Sorge, dass sein Vater den Tod seiner Frau nicht gut verkraften würde und ihm die Arbeit hier zu viel werden würde. Deshalb hat er uns beinahe dazu gedrängt, Hilfe anzunehmen. Wir sind halt darauf eingegangen. Philipp wusste schließlich nicht, dass der Tod seiner Mutter für seinen Vater eigentlich ein Grund zum Feiern war, also hat ihm dieser den trauernden Witwer vorgespielt. Und die Steffi war uns ja wirklich eine Hilfe. Hübsch anzusehen, charmant, nur leider ist sie, wie gesagt, kurz nachdem Wilfried in die Wachau aufgebrochen ist, verschwunden. Wie vom Erdboden verschluckt. Ich hab mehrfach versucht, sie zu erreichen, weil es für mich ganz alleine nicht einfach ist, das Geschäft am Laufen zu halten, aber ich hab nichts mehr von ihr gehört. Keine Reaktion, keine Antwort auf meine unzähligen Anrufe. Schade, sie hätte das Zeug dazu gehabt, dauerhaft in unser Geschäft einzusteigen.«

Die Kriminalbeamten blickten einander an. Alle dachten sie dasselbe.

Paul Zöller kramte nun nach seinem Handy und hielt es dann Gustav Gut unter die Nase. »Kommt Ihnen der Schmuck auf diesem Bild bekannt vor?«

Der alte Herr betrachtete das Handyfoto eine Zeit lang. Dabei wurde er auffällig blass im Gesicht. Nach einer Weile stammelte er: »A…a…aber das sind ja alles Stücke aus unserem Laden! Die wurden, laut Wilfrieds Aufzeichnungen, an verschiedenste Kunden verkauft! Was machen sie dann alle auf diesem einen Bild?«

»Das ist eine gute Frage, Herr Gut, eine sehr gute Frage.

Danke für Ihre Hilfe, falls wir noch etwas von Ihnen brauchen sollten, melden wir uns wieder bei Ihnen ... Ach ja, eine Bitte hätte ich noch. Falls diese Steffi sich bei Ihnen rühren sollte, geben Sie mir bitte Bescheid.«

Zöller reichte dem alten Mann seine Visitenkarte.

»Das mache ich natürlich, Herr Inspektor, das mache ich.«

*

»Philipp Palt hat mir gegenüber betont, dass er Romy Uhlmeier nicht kennt! Ich hab ihm das Foto nach unserem ersten Besuch bei ihm noch mal gezeigt! Ihn dezidiert darauf angesprochen! Er hat mir ins Gesicht gelogen! Warum hat er das getan?!« Paul Zöller schnaubte wütend.

Meierhofer erwiderte nüchtern: »Ganz einfach, weil er Romy Uhlmeier bewusst auf seinen Vater angesetzt hat und uns das nicht verraten wollte. Warum hätte er sie ihm und Gustav Gut als eine Steffi verkauft, wenn er nichts Unlauteres im Schilde führte? Nur, welche Rolle hat Romy Uhlmeier in dieser Sache gespielt? Welchen Auftrag hatte sie?«

»Sich an den alten Knacker heranzuschmeißen, ihm die große Liebe vorzuspielen und ihm so möglichst viele seiner wertvollen Antiquitäten abzuluchsen?«, schlug Brombspeidel vor.

Staudinger schüttelte den Kopf. »Das klingt zwar plausibel, aber was hätte Philipp Palt davon? Der Schmuck ist ja anscheinend nicht bei ihm gelandet. Da steckt mit Sicherheit mehr dahinter! Er wollte mehr als nur den Schmuck.«

»Meinst du etwa, Philipp Palt hat seinen eigenen Vater auf dem Gewissen?«, fragte Brombspeidel ungläubig.

Doch Meierhofer schüttelte zweifelnd den Kopf. »Unser Täter kann er auf keinen Fall sein. Dazu ist er viel zu klein. Aber Romy Uhlmeier ist eine sehr große Frau. Möglicherweise hat sie von Philipp Palt den Auftrag bekommen, seinen Vater zu ermorden.«

»So brutal? Mit einem Brieföffner? Ich weiß nicht. Wenn ich einen Mord plane, dann doch nicht so. Dann lasse ich mir etwas einfallen, das weniger Scherereien macht. Etwas Leiseres, Saubereres. Noch dazu, wenn ich eine junge Frau als Täterin im Auge habe«, widersprach Staudinger seinem Chef.

»Das denke ich auch«, meinte Zöller. »Der Mord an Wilfried Palt sieht so überhaupt nicht nach einer lang geplanten Tat aus.«

»Außer natürlich«, folgerte Brombspeidel weiter, »es ist vor Ort etwas schiefgegangen, aus dem Ruder gelaufen. Vielleicht wäre die Tat ja eigentlich ganz anders geplant gewesen, und dann ist irgendetwas passiert, das Romy Uhlmeier keine andere Wahl gelassen hat. Irgendetwas, das sie praktisch dazu gezwungen hat, zum Brieföffner zu greifen.«

»Wisst ihr, was mich stutzig macht? Müsste nicht dort, wo ein Brieföffner ist, auch ein Brief sein? Eine Botschaft, die der Verwendung des Brieföffners erst Sinn gibt?«, mischte Meierhofer sich ein.

»Das war dann in Wilfried Palts Fall aber eine ziemlich teuflische Botschaft«, entfuhr es Brombspeidel.

Staudinger griff die Frage nach der Sinnhaftigkeit des Brieföffners auf. »Ich denke nicht, dass der Brieföffner unbedingt in Zusammenhang mit einer echten Nachricht stehen muss. Vielleicht haben die Maibichlers ihn einfach als Deko-Element benutzt. Auf Schreibtischen finden sich doch immer wieder Brieföffner, die kein Mensch verwendet. Einfach nur, weil sie edel aussehen.«

Brombspeidel schüttelte vehement den Kopf. »Auf Schreibtischen ja, aber in einem Kaminzimmer? Das ergibt, meiner Meinung nach, wenig Sinn. Auf alle Fälle ist es ein weiterer Grund, Herta Maibichler einen Besuch abzustatten. Sie ist die Einzige, die uns sagen kann, ob der Brieföffner Teil der Einrichtung des Blockhauses war oder ob jemand das Ding bewusst ins Haus gebracht hat, um es als tödliche Waffe zu benutzen.«

»Der Erste, dem wir nun einen Besuch abstatten, ist aber auf alle Fälle Philipp Palt. Ich möchte von ihm persönlich hören, warum er mich zweimal angelogen hat«, zischte Zöller.

»Wir sollten dabei aber nicht auf Romy Uhlmeiers momentane Lage vergessen! Wenn Philipp Palt derjenige ist, der sie gefangen hält, bringen wir sie mit zu offensichtlichen Fragen vielleicht in Gefahr«, protestierte Brombspeidel. »Denkt an den Text der Mail! *Stellen Sie die Ermittlungen im Fall Wilfried Palt ein, oder diese junge Frau ist tot.* Dazu das Foto, das Romy Uhlmeier gefesselt zeigt. Wir müssen uns ganz genau überlegen, wie wir vorgehen! Zwei Tote innerhalb kürzester Zeit sind mehr als genug.«

Meierhofer nickte. »Eva hat recht. Wir dürfen jetzt nicht unbedacht vorgehen. Momentan steht einfach viel zu viel auf dem Spiel. Wenn Philipp Palt hinter dieser Sache steckt, und das halte ich für sehr wahrscheinlich, ist er gefährlich.«

Paul Zöller wurde bleich. Dann schlug er sich mit der flachen Hand auf die Stirn. »Ach du lieber Himmel, wie konnte ich das nur übersehen! Philipp Palt steckt mit Sicherheit hinter dem Mord an seinem Vater! Er hat in unserem ersten Gespräch mit ihm erwähnt, dass die Leiche seines Vaters in einen Teppich eingewickelt war. Das konnte er aber eigentlich gar nicht wissen, da ich dieses Detail bewusst aus der medialen Berichterstattung rausgehalten habe. Nur Wilfried Palts Mörder konnte das wissen.«

*

Die Stimmung in Paul Zöllers Büro war auf dem Tiefpunkt. Wie sollten sie weiter vorgehen? Zwar mussten sie Philipp Palt festnageln, doch durften sie dabei das Leben Romy Uhlmeiers nicht aufs Spiel setzen. Ratlos blickten sich die Beamten an. Da fiel dem Wiener Kriminalbeamten das Foto ein, das er aus Romy Uhlmeiers Zimmer geschmuggelt hatte. Er befestigte es mit einem Magneten an dem Whiteboard, das bereits von einer Menge anderer Fotos geschmückt war. Alle hatten sie mit dem Fall Wilfried Palt zu tun. Dieses neu dazugekommene zeigte das Mordopfer und zwei verwegen aussehende Männer beim Abschluss eines mit Sicherheit nicht legalen Geschäftes. Die beiden optisch jedem Verbrecherklischee entsprechenden Typen reichten Wilfried Palt gerade einen großen Sack, er ihnen im Gegenzug ein Päckchen Geldscheine.

»Solange wir nicht sicher sind, wie wir in Bezug auf Philipp Palt weiter vorgehen, könnten wir uns doch um die Herren hier auf dem Bild kümmern. Ich gehe davon aus, dass die beiden sich schon in unser Stammbuch eingetragen haben«, meinte Zöller schmunzelnd.

»Darauf kannst du Gift nehmen«, entgegnete Meierhofer, »die zwei sind garantiert Profis. So ein Glück, dass ihre Gesichter auf dem Foto gut zu erkennen sind. Romy Uhlmeier muss das Bild im Blockhaus der Maibichlers gemacht haben. Keine Ahnung, wie sie das geschafft hat, ohne dabei erwischt zu werden.«

»Vielleicht wurde sie ja tatsächlich dabei überrascht, und die Lage ist deshalb eskaliert«, meinte Brombspeidel.

»Dann wäre aber wohl eher sie tot, nicht Wilfried Palt«, warf Staudinger ein. »Wenn die beiden hier wirklich Profis sind und Wilfried Palt tatsächlich ein abgebrühter Hehler war, hätten sie eine Zeugin nie lebend davonkommen lassen. Egal, wie jung und hübsch diese auch ist.«

»Dass Romy Uhlmeier dieses pikante Fotoshooting überlebt hat, beweist ja alleine die Tatsache, dass ich das Foto in ihrem Zimmer gefunden habe. Sie hat das Bild zurück nach Wien gebracht«, meinte Zöller.

Brombspeidel legte die Stirn in Falten. »Wäre es nicht auch möglich, dass jemand anderes dieses Foto geschossen und Romy Uhlmeier untergejubelt hat? Jemand, der ohne Probleme in ihr Zimmer gelangen konnte?«

»Da fällt mir nur ihre WG-Mitbewohnerin, diese Lorelei Schrödinger, ein. Aber was hätte sie davon, das zu tun?«, antwortete Zöller skeptisch.

Meierhofer pflichtete seinem Wiener Kollegen bei. »Nein, das glaube ich auch nicht. Ich denke, dass Philipp Palt seinem Vater eins auswischen wollte. Vielleicht, weil er wusste, dass dieser seine Mutter zu ihren Lebzeiten häufig betrogen hatte. Er hat Romy Uhlmeier auf ihn angesetzt, um ihm so seine krummen Geschäfte nachweisen zu können. Philipp Palt muss geahnt haben, dass sein Vater diese während seiner Trips in die Wachau abwickelt, deshalb hat er dafür gesorgt, dass er diesmal nicht alleine dorthin fährt. Romy Uhlmeier wurde von Philipp Palt also als Lockvogel in den Antiquitätenhandel *(P)alt und Gut* eingeführt, und wie von ihm verlangt, hat sie es darauf angelegt, bei Wilfried Palt auch privat zu landen. Der konnte anscheinend ohnehin keinem Rockzipfel widerstehen, schon gar nicht, wenn er zu einer so hübschen und jungen Frau gehörte. Romy Uhlmeier spielt Wilfried Palt also die große Liebe vor und überredet ihn, sie mit in die Wachau zu nehmen. Dort sammelt sie dann, wie mit Philipp Palt besprochen, die gewünschten Beweise. Mithilfe dieses Fotos hätte Philipp Palt seinen Vater gewaltig unter Druck setzen können. Vor allem, wenn die beiden Herren hier, wie wir vermuten, amtsbekannte Profis sind. Irgendetwas muss dann am 12. Dezember schiefgelaufen sein. Ich denke nicht, dass der Mord an Wilfried Palt geplant war, ich glaube, dass er passiert ist. Philipp Palt wollte seinen Vater mit Sicherheit bestrafen, für all das, was er seiner Mutter angetan hat, aber ich kann mir nicht vorstellen, dass er ihn umbringen wollte. Ein wenig unter Druck setzen, ihn ein bisschen leiden sehen, so was schon, aber Mord? Mein Bauch sagt mir was anderes.«Zöller richtete sich in seinem Sessel auf und deutete mit dem Finger auf das Foto am Whiteboard. »Alles klar, dann starten wir damit, die Verbrecherdatenbank nach den beiden Herren hier zu durchforsten. Und dann statte ich dem feinen Herrn Palt junior einen Besuch ab.«

KAPITEL 21

Paul Zöller kämpfte gegen seine Nervosität, als er bei Philipp Palt klingelte. Er hoffte, dass er seine Rolle überzeugend spielen würde, ansonsten bestand die Gefahr, dass Bäckchen seine Besitzerin nie wiedersehen würde.

Es dauerte nicht lange, bis Philipp Palt dem Kriminalbeamten die Tür öffnete. »Was wollen Sie denn hier?«, begrüßte er ihn nicht gerade freundlich.

»Hätten Sie einen Moment Zeit für mich, Herr Palt? Ich habe wichtige Neuigkeiten für Sie«, erwiderte Zöller, den unfreundlichen Ton seines Gegenübers ignorierend.

»Wenn's sein muss.« Philipp Palt trat einen Schritt zur Seite und deutete dem Chefinspektor einzutreten.

Der vergewisserte sich unauffällig, dass er seine Dienstwaffe dabei hatte, und folgte dann Philipp Palts Aufforderung.

»Könnten wir uns irgendwo hinsetzen? Das, was ich Ihnen zu sagen habe, bespricht man nicht zwischen Tür und Angel«, meinte Zöller, als Palt keine Anstalten machte, ihn ins Wohnzimmer weiterzubitten. Der Kriminalbeamte legte es aber genau darauf an. Er wollte so viel wie möglich von der Wohnung sehen, um ausschließen zu können, dass Romy Uhlmeier hier gefangen gehalten wurde.

Achselzuckend entgegnete Philipp Palt: »Wenn Sie kein Problem damit haben, dass der nächste Wohnungsputz schon längst überfällig ist, können wir gerne ins Wohnzimmer gehen. Folgen Sie mir!«

Palts Reaktion überraschte Paul Zöller. Würde jemand, der diese Wohnung als Gefängnis benutzte, ihm so leichtfertig Zutritt dazu gewähren? Auf dem Weg ins Wohnzimmer warf der Chefinspektor einen Blick in die Küche und das Bad. Beides war ihm möglich, da die Zimmertüren sperrangelweit offen standen. Nur die Tür, hinter der er das Schlafzimmer vermutete, war verschlossen.

Philipp Palts Wohnzimmer hätte tatsächlich einen gründlichen Putz vertragen. Wie der Rest der Wohnung war es extrem modern und schick eingerichtet – kein Wunder, schließlich war Palt Architekt –, aber sauber war es hier nicht.

»Meine Putzfrau ist krank«, entschuldigte Palt sich für den Zustand des Wohnzimmers.

»Kein Problem«, meinte Zöller, als er einen Stapel Hemden zur Seite schob, um auf der eleganten Ledercouch Platz nehmen zu können.

»Also, was wollen Sie von mir?« Philipp Palts Ton wurde wieder unfreundlicher.

Der Chefinspektor blickte sich im Wohnzimmer um. An einem der wenigen gerahmten Fotos, die hier herumstanden, blieb sein Blick hängen. Wo hatte er diesen Mann schon einmal gesehen?

»Es gibt Neuigkeiten, den Tod Ihres Vaters betreffend«, eröffnete Zöller schließlich seine Show. »Wir wissen nun, wer hinter dem abscheulichen Verbrechen steckt.« Der Kriminalbeamte machte eine theatralische Pause. Dabei beobachtete er Philipp Palt genau. War er überrascht, dass sie den Fall gelöst hatten? An Palts Pokerface war jedoch keine Reaktion abzulesen.

»Und, wer hat meinen Vater umgebracht?«, fragte er emotionslos.

Paul Zöller räusperte sich. »Alois Maibichler. Er war der Besitzer des Blockhauses in der Wachau, in dem Ihr Vater ums Leben gekommen ist.«

»Wieso war?«, hakte Palt nach.

»Alois Maibichler hat sich das Leben genommen. Er hat außerdem einen Abschiedsbrief hinterlassen, und die Mordwaffe haben wir ebenfalls bei ihm gefunden. Wir vermuten, dass es ein Eifersuchtsmord war. Anscheinend hatte Alois Maibichler das Gefühl, dass Ihr Vater mit seiner Frau, Herta Maibichler, flirtete. Der Mann war wegen schwerer Körperverletzung vorbestraft. Meine Kremser Kollegen und ich hatten ihn von Anfang an im Visier.«

Zöller bat Alois Maibichler in Gedanken um Verzeihung. Gleichzeitig hoffte er, dass Philipp Palt den Köder schluckte. Der schien zufrieden.

»Danke für diese Nachricht, Herr Inspektor, es tut gut zu wissen, dass der Fall gelöst ist. Auch wenn der Täter nicht mehr zur Rechenschaft gezogen werden kann. Möge er in der Hölle schmoren!«

Paul Zöller blickte erneut in die Richtung des Fotos, das ihm nicht aus dem Kopf ging. Es zeigte einen attraktiven jungen Mann. Einen Mann, den er schon einmal gesehen hatte. Philipp Palt schien Zöllers Blick zu bemerken.

»Das ist mein Sohn, Viktor. Er wird froh sein zu hören, dass Sie den Täter entlarvt haben. Leider ist er immer noch in Asien. Es ist ihm nicht möglich, die Reise jetzt so spontan abzubrechen. Immerhin ist sie Teil seines Studiums.«

»Was studiert Ihr Sohn denn?«, fragte Zöller der Höflichkeit halber nach.

»Asienwissenschaften«, antwortete Philipp Palt.

Und da wusste der Chefinspektor plötzlich wieder, wo er Viktor Palt schon einmal gesehen hatte.

*

»Na, wer sagt's denn, in beiden Fällen ein Treffer. Wusste ich's doch!« Zufrieden deutete Meierhofer auf die Ergebnisse, die der Computer eben ausgespuckt hatte. »Beide der Herren sind mehrfach vorbestraft. Schwerer Diebstahl ist neben vielem anderen auch dabei. Einer der beiden hat sogar schon einen staatlich subventionierten Aufenthalt in Stein hinter sich. Ob Wilfried Palt bewusst war, mit wem er sich da eingelassen hat?«

Staudinger zuckte mit den Schultern. »Das hat er wahrscheinlich in Kauf genommen. Immerhin haben ihm die zwei anscheinend einwandfreie Ware geliefert. Romy Uhlmeier hat sich in einen wahren Hexenkessel begeben, als sie mit Palt in die Wachau gekommen ist.«

»Denkt ihr, es ist möglich, dass einer dieser beiden Typen Wilfried Palt auf dem Gewissen hat? Der hier ist ziemlich groß, sicher über eins neunzig, und kräftig sehen sie beide aus. Vielleicht hat Palt sich mit ihnen angelegt, und sie sind ausgezuckt. Männern wie diesen traue ich einen blutigen Mord mit einem Brieföffner eher zu als einer jungen zarten Frau«, meinte Brombspeidel.

»Dass die beiden mit ihren Feinden nicht zimperlich umgehen, kann ich mir gut vorstellen«, erwiderte Meierhofer. »Aber warum sollte Wilfried Palt sich zu ihrem Feind gemacht haben? Die drei waren anscheinend Geschäftspartner, und ich denke, dass diese Geschäfte für beide Seiten äußerst lukrativ waren.«

»Vielleicht hat er sie um Geld betrogen, ihnen gedroht«, entgegnete Staudinger. »Wäre nicht der erste Mord unter Verbrechern.«

Brombspeidel schlug sich mit der flachen Hand gegen die Stirn. »Mein Gott, was ist, wenn wir Philipp Palt völlig zu Unrecht verdächtigen? Es wäre doch gut möglich, dass diese beiden Typen Romy Uhlmeier dabei erwischt haben, wie sie das Foto gemacht hat. Sie haben sie überwältigt, Wilfried Palt wollte seine junge Freundin verteidigen, was er mit seinem Leben bezahlen musste. Die beiden Verbrecher haben die Leiche in den Teppich gepackt und sie gemeinsam mit Romy nach Wien geschafft.«

»Was sie nicht bemerkt haben, war, dass Alois Maibichler sie dabei beobachtet hat. Der hat dann eine Möglichkeit gefunden, die beiden Typen mit seinem Wissen zu erpressen, was ihn ebenfalls das Leben gekostet hat«, fuhr Staudinger fort.

»Und wie ist das Foto dann in Romy Uhlmeiers Wohnung gekommen?«, hakte Meierhofer nach. Auch darauf wusste Brombspeidel eine Antwort. »Vielleicht hat sie es mit dem Handy gemacht und dann an ihre WG-Mitbewohnerin weitergeleitet. Mit der Bitte, es auszudrucken und an einem sicheren Ort zu verwahren. Jetzt ist Romy Uhlmeier in den Händen dieser beiden Typen, die uns so dazu bringen wollen, die Ermittlungen im Fall Wilfried Palt einzustellen.«

»Und woher wusste Philipp Palt dann das mit dem Teppich?«, ließ Meierhofer nicht locker.

Staudinger zuckte mit den Schultern. »Es könnte ja sein, dass er sich einfach versprochen hat – Plane, Teppich. Diese Leiche-im-Teppich-Geschichte ist so klischeehaft, daran kann man in so einer Situation schon mal denken.«

Meierhofer verzog ungläubig den Mund. Ganz offensichtlich schien er die Meinung seines jungen Kollegen nicht zu teilen, dennoch meinte er: »Wie auch immer, wir sollten dringend versuchen, den Aufenthaltsort dieser beiden Typen zu ermitteln. Gut möglich, dass wir dort neben einer Menge Diebesgut auch Romy Uhlmeier finden.«

*

Paul Zöller hastete zurück ins Büro. Er musste dringend herausfinden, wie Philipp Palts geschiedene Ehefrau hieß und wo sie wohnte. Irgendetwas sagte ihm, dass er in ihrem Zuhause fündig werden würde. Zöllers Gedanken rasten. Immer noch versuchte er, die unzähligen Puzzlesteine zu einem großen Ganzen zusammenzufügen. Aber egal, wie er es anging, es ergab einfach keinen Sinn. Wenn es wirklich so war, wie er vermutete, hatte er ein wichtiges Detail übersehen. Irgendetwas, das ihn näher an die Lösung des Rätsels bringen würde. So nahe, dass er endlich klar sehen würde.

*

»Diplom-Ingenieurin Veronika Alchhauser, sie hat nach der Scheidung von Philipp Palt wieder ihren Mädchennamen angenommen, ist wohnhaft im 1. Bezirk«, las Paul Zöller laut vor. Meierhofer, Brombspeidel und Staudinger sahen ihm gespannt bei seinen Recherchen zu. Er hatte ihnen natürlich verraten, warum er sich nun auf die Exfrau ihres Verdächtigen konzentrierte, und seine Vermutungen machten durchaus Sinn.

»Ich google die Gute mal«, meinte Brombspeidel.

Es dauerte nicht lange, bis die Revierinspektorin fündig wurde.

»Unglaublich, es gibt wirklich noch Leute, die auf Facebook posten, dass sie in Urlaub fahren. Veronika Alchhauser, wohnhaft im 1. Bezirk, ist vor drei Wochen zu einer Australien-Rundfahrt aufgebrochen. Ziemlich hübsche Bilder findet man diesbezüglich auf ihrer Facebook-Seite. Schaut, da ist sogar ein Koala!«

»Sturmfreie Bude«, flüsterte Paul Zöller. Dann ging er zur Garderobe und griff nach seiner Winterjacke. Meierhofer, Staudinger und Brombspeidel taten es ihm gleich. Alle vier spürten sie, dass es nicht mehr lange dauern würde, bis dieser Fall tatsächlich gelöst war. Nur die Zusammenhänge, die verstand bis jetzt keiner von ihnen so ganz.

KAPITEL 22

Trotz der Aufregung um ihren Fall konnte Brombspeidel nicht anders, als die atemberaubende Schönheit des vorweihnachtlich geschmückten Wiens zu bewundern.

»Wow, ich glaube, ich muss mit meinen Eltern unbedingt einen Christkindl-Shopping-Ausflug hierher machen. Das ist ja fast so toll wie in New York, denk ich zumindest.«

Meierhofer, der in dieser Sache eher der Weniger-ist-mehr-Typ war und außerdem seine Gedanken zu hundert Prozent bei Romy Uhlmeier hatte, meinte nur: »Mit ein wenig Glück kannst du dir ab morgen Urlaub nehmen, Eva. Einem vorweihnachtlichen privaten Ausflug nach Wien steht dann also nichts mehr im Wege.«

»Schön wär's«, mischte Staudinger sich ein. »Ich hab immer noch keinen Christbaum und kein einziges Weihnachtsgeschenk.«

»Geht mir genauso«, erwiderte Meierhofer. »Außerdem hab ich Irene während der letzten Tage ziemlich im Stich gelassen. Sie ist als Mama und Oma momentan besonders gefordert. Viel hat die kleine Johanna von ihrem Opa bis jetzt noch nicht gehabt … Ist es noch weit bis zu Veronika Alchhausers Wohnung?«

Paul Zöller, der den Wagen sicher und gelassen durch den immer stärker werdenden Wiener Vorabendverkehr lenkte, warf einen Blick auf sein Navi.

»Nein, nicht mehr allzu weit. Bleibt's dabei, dass ich zuerst alleine reingehe, um die Lage zu sondieren?«

Meierhofer nickte.

»Wenn es für dich okay ist. Wir bleiben aber in der Nähe, als Touristen getarnt. Eva fällt das mit Sicherheit nicht schwer, gell, Eva?«

»Ach, habt mich doch alle gern! Habt ihr noch nie gehört, dass es wichtig ist, das Kind in sich nicht sterben zu lassen? Die Welt immer wieder mit Kinderaugen zu betrachten, hält jung, glaubt mir.«

»Ich denke zwar auch, dass es keine gute Idee wäre, wenn wir alle vier gleichzeitig vor Veronika Alchhausers Wohnung auftauchen würden«, meinte Staudinger, »immerhin wollen wir, dass man uns glaubt, dass die Ermittlungen im Fall Wilfried Palt eingestellt wurden – aber ganz wohl ist mir nicht bei dem Gedanken, dass du die Sache fürs Erste alleine angehst, Paul.«

»Mach dir keine Sorgen um mich, Stefano! Ihr seid ja in der Nähe, und sooooo gefährlich wird's schon nicht werden. Wer weiß, vielleicht ist die Wohnung ohnehin leer, und wir machen uns ganz umsonst Gedanken. Offiziell macht Veronika Alchhauser Urlaub in Australien, und ihr Sohn, Viktor Palt, trampt durch Asien. Eventuell ist also gar niemand zu Hause.«

»Außer natürlich, Philipp Palt hat einen Schlüssel zur Wohnung. Hast du schon daran gedacht, dass er es sein könnte, der dir gleich die Tür öffnet?«, warf Meierhofer ein.

»Selbstverständlich hab ich auch daran gedacht«, entgegnete Zöller, »und mir auch schon eine plausible Begründung überlegt, warum ich bei seiner Exfrau klingele, falls ich ihm gegenüberstehen sollte. Aber lassen wir das *Was wäre wenn?* doch einfach. Es ändert ohnehin nichts an der Situation.«

»Da hast du allerdings recht, Paul«, stimmte Meierhofer seinem Wiener Kollegen zu. »Lassen wir's einfach drauf ankommen, und hoffen wir, dass wir Romy Uhlmeier bald finden.«

*

»Machst du es, oder soll ich?«

»Ich kann das nicht! Auf keinen Fall! Ich seh ohnehin schon überall Blut. Nein, du musst das machen!«

»Ach, stell dich nicht so an! Bei dem Alten warst du doch auch nicht so zimperlich.«

»Das war etwas ganz anderes, das weißt du ganz genau.«

»Na gut, dann mach's eben ich. Hauptsache, wir sind die Tussi los. Sie ist die Einzige, die uns noch gefährlich werden kann.«

*

Die Wohnung Veronika Alchhausers lag in einem beeindruckenden, alten, beinahe historisch anmutenden Gebäude. Sie musste ein kleines Vermögen wert sein. Während Meierhofer und seine jungen Kollegen davor ausschwärmten und dabei versuchten, möglichst wie unschuldige Touristen auszusehen, betrat Paul Zöller unerschrocken das Gebäude.

Es dauerte nicht lange, bis er die Wohnung gefunden hatte. Einen Moment hielt er inne und lauschte nach Geräuschen aus dem Inneren der Wohnung. Nichts. Der Wiener Chefinspektor drückte den Klingelknopf. Erst einmal, dann noch einmal und schließlich auch noch ein drittes Mal. Nichts tat sich. Paul Zöller wollte bereits den Rückzug antreten, als die Wohnungstür doch noch geöffnet wurde.

»Was soll denn das?! Warum klingeln Sie denn wie ein Verrückter?!« Die große, attraktive, brünette Frau Ende vierzig funkelte ihn wütend an. Auch wenn sie momentan ziemlich zerknautscht aussah, erkannte man, dass sie im Grunde eine Schönheit war. Augenblicklich hatte der Kriminalbeamte das Bild Philipp Palts vor Augen. Der kleine, pummelige, unattraktive Mann passte so überhaupt nicht zu dieser gut aussehenden Frau. Wenn sie tatsächlich dessen Ex war, musste sie ihn wegen seiner inneren Werte geheiratet haben. Oder aber auch aus weitaus profaneren Gründen.

»Frau Diplom-Ingenieurin Alchhauser?«, fragte Zöller vorsichtig.

»Die bin ich«, antwortete die Angesprochene nüchtern, »und Sie haben mich gerade aus dem Schlaf gerissen. Ich bin gestern erst aus Australien zurückgekommen und hab den Jetlag noch nicht ganz verdaut. Wer sind Sie überhaupt?«

Paul Zöller beschloss, der Frau nichts vorzumachen. Er zog seinen Dienstausweis.

»Chefinspektor Paul Zöller, Kriminalpolizei, ich komme wegen des Todesfalls in Ihrer Familie.«

»Wegen der Sache mit meiner Ex-Schwiegermutter?«

Zöllers Gedanken rasten. War es wirklich möglich, dass Veronika Alchhauser noch nicht von Wilfried Palts Tod wusste? Er folgte seinem Instinkt und unterließ es, sie auf den neuesten Stand der Dinge zu bringen.

»Also, ich tue erst mal gar nicht so, als ob ich über ihr Ableben traurig wäre. Die alte Schachtel ist der Grund für das Scheitern meiner Ehe. Ihr Verhältnis zu meinem Ex war etwas intensiv, wenn Sie verstehen, was ich meine. Ich sag nur Ödipus. Nicht körperlich natürlich, aber abhängig war er von ihr, das können Sie sich gar nicht vorstellen. Mama meint dies, und Mama sagt das … Wenn er gekonnt hätte, hätte er sie geheiratet, nicht mich. Also, wie gesagt, ich trauere wirklich nicht um die Alte, aber diesen gewaltsamen Tod hat sie trotzdem nicht verdient. Kein Mensch verdient so was.«

»Gewaltsamen Tod?«, hakte Zöller nach.

»Na ja, nachdem Sie da sind und Viktor mir von seinen Vermutungen erzählt hat, dachte ich, Sie wissen bereits davon.« Veronika Alchhauser schien überrascht zu sein, dass Zöller nicht wusste, wovon sie sprach.

Der änderte seine Strategie.

»Natürlich, sonst wäre ich ja nicht hier. Ich würde nur gerne Ihre Version der Geschichte hören.«

»Wollen Sie dafür nicht reinkommen? Ich kann Ihnen gerne einen Kaffee machen, wenn Sie möchten.« Veronika Alchhauser machte eine einladende Geste. Zöller, der sich die Chance, die Wohnung von innen anzusehen, nicht entgehen lassen wollte, nickte.

»Gerne, ein Kaffee wäre toll.«

*

»Paul ist jetzt schon eine ganze Weile weg. Anscheinend war er erfolgreich. Zumindest dürfte die Wohnung doch nicht leer stehen.« Meierhofer blickte auf seine Armbanduhr, dann auf sein Handy, dann wieder auf die Armbanduhr.

»Mach dir keine Sorgen um Paul, der weiß schon, was er tut«, beruhigte Staudinger ihn. Er kannte seinen Chef und Freund nun bereits seit einigen Jahren und wusste genau, wann dieser nervös war. Gerade war es wieder so weit.

Brombspeidel, die sich etwas fadisierte und deshalb wie eine Wildkatze im viel zu engen Käfig vor dem Gebäude auf und ab marschierte, was nicht gerade unauffällig war, stimmte dem Gruppeninspektor zu: »Stefano hat recht, Chef, Paul ist ein Vollprofi. Wenn er uns braucht, meldet er sich bei uns. Es kann ihm gar nichts passieren. Wahrscheinlich trinkt er gerade einen Kaffee. Mit wem auch immer.«

*

»Der Kaffee ist köstlich, Frau Alchhauser, vielen Dank. Würden Sie mir jetzt bitte Ihre Version der Geschichte erzählen? Das ist für unsere Ermittlungen von größter Bedeutung.« Paul Zöller blickte die Angesprochene eindringlich an. Die zog den Morgenmantel, den sie sich mittlerweile übergezogen hatte, zu, machte es sich auf der Couch bequem und begann dann zu berichten. »Als ich erfahren habe, dass meine Ex-Schwiegermutter das Zeitliche gesegnet hat, war ich, wie gesagt, anfangs ganz erfreut. Ich weiß, das klingt jetzt hart, aber immerhin war sie daran schuld, dass meine Ehe in die Brüche gegangen ist. Das wäre an sich ja auch nicht so schlimm gewesen, Philipp ist nicht unbedingt der Traummann schlechthin, aber für Viktor hat es mir unendlich leidgetan. Er hätte es verdient gehabt, in einer heilen Welt aufzuwachsen. Mama und Papa um sich zu haben. Jeden Tag, immer.«

Zöller blickte sich im Wohnzimmer um. Allzu schlecht schien es Viktor hier auch nicht gegangen zu sein. Zumindest, was das Materielle betraf. »Darf ich Sie kurz unterbrechen? Wenn Sie Ihre Schwiegermutter für die Trennung von Ihrem Mann verantwortlich machen, warum haben Sie Viktor dann den engen Kontakt zu seinen Großeltern erlaubt?«, unterbrach er Veronika Alchhauser.

Die zuckte mit den Schultern. »Ich weiß nicht so genau. Auf meinen Exmann war ich sauer, weil er sich bewusst gegen mich und für seine Mutter entschieden hat. Also hab ich ihn über Viktor spüren lassen, dass das die falsche Entscheidung war. Da ging es natürlich auch um verletzten Stolz. Aber seine Großeltern, die waren Viktor so wichtig, denen stand er so nahe. Ich hab's einfach nicht übers Herz gebracht, ihm den Kontakt zu ihnen zu verwehren. Sie haben sich auch wirklich liebevoll um ihn gekümmert, vor allem meine Ex-Schwiegermutter war immer für ihn da. Das rechne ich ihr noch heute hoch an. Sie hat ihn nie spüren lassen, dass es Animositäten zwischen uns beiden gab. Sie war eine tolle Oma, das muss ich ihr neidlos zugestehen.«

»Wie ist das Verhältnis zu Ihrem Ex-Schwiegervater?« Zöller musste sich dazu zwingen, das Präsens zu verwenden.

Veronika Alchhauser schnaufte. »Na ja, nicht gerade prickelnd. Wir wissen schließlich alle, dass er Mathilda nonstop betrogen hat. Kein Rock war vor ihm sicher. Er war ein schrecklicher Ehemann, wahrscheinlich war das auch der Grund für die ungewöhnlich enge Bindung zwischen meinem Ex und seiner Mutter. Heute sehe ich das alles entspannter, müssen Sie wissen. Außerdem finde ich, dass er dafür bezahlen muss, was er Mathilda angetan hat, ganz egal, wie ich grundsätzlich zu ihr stehe. Mit Mord darf man einfach nicht durchkommen.«

»Mit Mord?«, entfuhr es Zöller.

»Ich bin mir sicher, dass es Mord war«, fuhr Veronika Alchhauser unbeeindruckt fort. »Das haben auch mein Sohn und mein Exmann sofort vermutet. Wilfried hat uns allen zwar die Geschichte mit der Eitelkeit und der Brille erzählt, aber vor allem Viktor war von Anfang an klar, dass Wilfried sie die Treppe hinuntergestoßen hat. Wilfried ist ein Verbrecher. Er hat ziemlich viele krumme Geschäfte am Laufen, meint zumindest mein Sohn. Glauben Sie wirklich, dass der vor Mord zurückschreckt? Er wollte Mathilda loswerden. Einerseits, weil sie ihm auf die Nerven gegangen ist, und andererseits, weil sie ein beachtliches Vermögen besessen hat. Sie war aus reichem Hause, und Wilfried wollte an ihr Geld. So ein kleiner Unfall ist ihm da gerade recht gekommen. Wir haben von Anfang an versucht, das Ihren Kollegen klarzumachen, aber für die war klar, dass es kein Mord gewesen sein konnte. Wilfried hatte ein Alibi. Gustav Gut hat es ihm gegeben. War anscheinend wasserdicht. Wie sind Sie ihm jetzt doch noch auf die Schliche gekommen?«

Paul Zöller hatte Mühe, das eben Gehörte zu verdauen. Plötzlich war es da, das Motiv, nach dem er gesucht hatte! Jetzt wusste er, warum Wilfried Palt so brutal ermordet worden war. Und er ahnte nun auch, wer der tatsächliche Mörder war. Dennoch versuchte er, die Contenance zu bewahren. »Wir hatten Grund, an Gustav Guts Aussage zu zweifeln.«

»Das wird meinen Sohn freuen«, entgegnete Veronika Alchhauser lächelnd. »Ihm war sehr wichtig, dass der gewaltsame Tod seiner Oma gesühnt werden würde.«

»Apropos, wo finde ich Ihren Sohn denn? Ich würde gerne mit ihm sprechen.« Dass Viktor Palt nicht durch Asien trampte, war Zöller mittlerweile klar.

»Viktor? Der ist bei seiner Freundin«, antwortete Veronika Alchhauser unbekümmert. »Sie wohnt in einer WG. Die beiden sind Studienkollegen – Asienwissenschaften, ein ziemlich spannendes Studium, wie ich meine.«

Zöller blieb die Luft weg. Er dachte an Romy Uhlmeiers Selfies zurück. An das eine, das an ihrer Tür klebte und sie gemeinsam mit Viktor Palt und Lorelei Schrödinger zeigte.

Zöller räusperte sich und fragte dann möglichst unschuldig: »Könnten Sie mir bitte den Namen und die Adresse der Freundin Ihres Sohnes geben? Es wäre wichtig, dass ich möglichst bald mit ihm rede.«

Veronika Alchhauser nickte lächelnd. »Sie heißt Lorelei, ein toller Name, finden Sie nicht auch? Lorelei Schrödinger. Ich suche Ihnen die Adresse gleich raus.«

KAPITEL 23

»Du glaubst also, dass Viktor Palt seinen Großvater getötet hat, weil er davon ausgeht, dass dieser am Tod seiner Großmutter schuld ist, hab ich das richtig verstanden?« Brombspeidel war die Skepsis deutlich anzumerken.

Zöller nickte. »Genauso ist es. Viktor Palt hat seine Oma über alles geliebt, und Wilfried Palt war anscheinend kein besonders sympathischer Mensch. Der jahrelange Hass auf den Großvater, der die geliebte Großmutter schlecht behandelt hat, hat in diesem Mord gegipfelt.«

Die vier Kriminalbeamten saßen erneut in Paul Zöllers Wagen. Sie waren auf dem Weg zu Lorelei Schrödingers und Romy Uhlmeiers Wohnung.

Auch Meierhofer schien nicht restlos überzeugt. »Ich weiß nicht, Paul, das kommt mir etwas weit hergeholt vor. Ein Mord aus Rache? Sorgfältig geplant? Warum hätte Viktor Palt gerade das Blockhaus in der Wachau als Tatort gewählt? Und weshalb diese brutale Methode? Wer führt schon einen lang geplanten Mord mit einem Brieföffner aus?«

»Wenn Viktor Palt wusste, dass sein Großvater im Blockhaus illegale Geschäfte machte, dann würde es meiner Meinung nach als Tatort schon Sinn machen«, mischte Staudinger sich ein. »So konnte Palt davon ausgehen, dass wir denken, sein Großvater wäre den schmutzigen Geschäften zum Opfer gefallen.«

»Aber dann hätte er doch erst recht keinen Brieföffner benutzt! Welcher Ex-Knacki tötet einen Rivalen mit einem Brieföffner?!«, protestierte Brombspeidel.

Meierhofer griff nach seinem Handy, das gerade in seiner Hosentasche vibriert hatte. Er hatte eine WhatsApp-Nachricht erhalten:

Wasserschaden ist behoben. Marianne und Johanna sind schon zu Hause. Ich fühl mich plötzlich so alleine. Bussi Irene

Ein Schmunzeln huschte über das Gesicht des Chefinspektors, auch wenn das zur momentanen Lage so gar nicht passte. Rasch tippte er eine Antwort:

Bin hoffentlich bald hier fertig. Morgen gehen wir einkaufen (Christbaum und Geschenke fürs brave Irenchen). Bussi, der Weihnachtsmann

Auch wenn Meierhofer und seine Familie wie der Großteil der Österreicher natürlich an das Christkind glaubten, musste er den Weihnachtsmann einfach erwähnen. Immerhin sah er diesem zum Verwechseln ähnlich.

»Hörst du mir überhaupt zu, Hans?!«, rissen Zöllers Worte ihn aus den Gedanken. Multitasking war eben nicht gerade seine Stärke.

»Entschuldige, ich war gerade abgelenkt«, meinte dieser etwas verschämt, er fühlte sich wie ein Teenager, der dabei erwischt worden war, wie er seinem heimlichen Schwarm einen Liebesbrief zusteckte. »Irene, meine Frau, du weißt schon. Was hast du vorhin gesagt?«

»Ich hab gesagt, dass ich mir Lorelei Schrödingers Rolle in dieser ganzen Sache nicht erklären kann, genau wie die von Romy Uhlmeier. Was haben die beiden mit Wilfried Palts Tod zu tun, und warum wird Romy Uhlmeier jetzt gefangen gehalten?«, wiederholte Zöller.

Brombspeidel schlug sich, wie sie das öfters tat, wieder einmal mit der flachen Hand gegen die Stirn. »Wir sind aber auch zu blöd!«, rief sie. »Romy Uhlmeier wird gar nicht gefangen gehalten. Wenn sie und ihre WG-Mitbewohnerin von Anfang an gemeinsame Sache mit Viktor Palt gemacht haben, dann ist sie sicher auch an dieser vermeintlichen Entführung beteiligt! Die drei spielen uns das nur vor, damit wir die Ermittlungen einstellen.«

»Das wäre allerdings möglich«, meinte Staudinger.

Meierhofer überlegte einen Moment, dann sagte er: »Gut, gehen wir also davon aus, dass die drei oder eigentlich vier von Anfang an unter einer Decke steckten.«

»Vier?«, hakte Brombspeidel nach.

»Na ja, Philipp Palt war doch anscheinend auch beteiligt. Er wusste von dem Teppich, als er das eigentlich noch gar nicht durfte, und er hat, laut Gustav Gut, dafür gesorgt, dass Romy Uhlmeier den Job im Antiquitätenladen bekam«, erklärte Meierhofer geduldig. Nachdenklich blickte er durch die Windschutzscheibe, als ob dahinter irgendwo die Lösung stehen würde. »Fangen wir ganz vorne an. Mathilda Palt stürzt die Treppe hinunter, bricht sich das Genick. Ihr Mann erzählt allen, dass es ein tragischer Unfall war, sein Sohn und sein Enkel gehen aber von Anfang an von Mord aus. Sie beschließen, dass Wilfried Palt den Tod verdient hat. Als Tatort erscheint ihnen die Wachau am besten geeignet. Sie sorgen also dafür, dass er dort das Zeitliche segnet. Das tun sie, indem sie Romy Uhlmeier auf Wilfried Palt ansetzen. Sie hoffen, dass sie ihn davon überzeugen kann, sie mit in die Wachau zu nehmen. Lorelei Schrödinger kam als Viktor Palts Freundin für diese Aktion nicht infrage – wahrscheinlich wusste Wilfried Palt von der Beziehung der beiden –, aber ihre WG-Mitbewohnerin war dafür bestens geeignet. Die haben die beiden Männer wahrscheinlich mit Geld geködert.«

»Oder aber mit dem teuren Schmuck, den ich bei ihr gefunden habe«, warf Zöller ein.

»Das wäre natürlich auch eine Möglichkeit«, stimmte sein Kremser Kollege ihm zu. »Wie auch immer, Romy Uhlmeier hat sich dazu bereiterklärt, den Auftrag zu übernehmen. Den Auftrag, Wilfried Palt an sich zu binden.«

Staudinger unterbrach ihn aufgeregt. »Wilfried Palt ist also hin und weg von seiner hübschen jungen Freundin. Selbstverliebt, wie er ist, geht er davon aus, dass sie ihn ehrlich liebt und nur an ihm interessiert ist, weil er so ein toller Hecht ist. Sie bringt ihn dazu, sie mit in die Wachau zu nehmen. Dort dokumentiert sie vorsichtshalber auch noch die krummen Geschäfte ihres Sugar-Daddys, falls es mit dem Mord doch nicht klappen sollte.«

»Glaubt ihr etwa, dass Romy Uhlmeier selbst zugestochen hat?! Und warum bitte mit einem Brieföffner?!«, protestierte Brombspeidel, die sich nicht vorstellen konnte, dass eine junge Frau zu einem derart brutalen Mord in der Lage war, erneut. »Das würde doch nur Sinn machen, wenn Romy Uhlmeier wirklich Gefühle für Wilfried Palt hatte. Im Affekt, aus Eifersucht oder warum auch immer bringt jemand wie sie so etwas vielleicht zustande, aber eiskalt geplant? Völlig emotionslos? Nein, das glaube ich beim besten Willen nicht.« Der Revierinspektorin fiel es schwer, ruhig zu bleiben.

»Ich glaube auch nicht, dass Romy Uhlmeier das alleine durchgezogen hat«, stimmte ihr Meierhofer zu. »Vielmehr denke ich, dass es ihre Aufgabe war, Wilfried Palt abzulenken. Wahrscheinlich war sie es, die Philipp und Viktor Palt ins Haus gelassen hat. Auch wenn Philipp Palt an dem Mord beteiligt war, zugestochen muss sein Sohn haben. Er ist groß genug.«

»Und er ist Linkshänder«, ergänzte Zöller. »Ich hab mehrere Fotos von ihm gesehen. Beim Tennisspielen, mit einem Cocktail in der Hand – immer war es die Linke, die er in Gebrauch hatte. Seine Freundin, Lorelei, ist übrigens auch Linkshänderin. Ich denke aber nicht, dass sie im Blockhaus dabei war. Sie hängt zwar sicher in der Sache mit drin, aber Wilfried Palts Mörderin ist sie, denke ich, nicht.«

»Gut, wir gehen also davon aus, dass Viktor Palt seinen Großvater getötet hat – warum er dazu einen Brieföffner verwendet hat, bleibt fürs Erste ein Rätsel. Dann haben er, sein Vater und Romy Uhlmeier die Leiche verschwinden lassen«, folgerte Meierhofer weiter.

»Dabei wurden sie von Alois Maibichler überrascht, der sich wahrscheinlich zum Blockhaus aufgemacht hat, um seinen vermeintlichen Nebenbuhler zur Rede zu stellen. Alois Maibichler nutzt die Situation aus, lässt sich scheinbar mit dem Schmuck, den ich seiner Frau abgenommen habe, kaufen und verspricht dichtzuhalten«, warf Brombspeidel ein.

Staudinger nickte. »Nehmen wir an, Maibichler konnte den Hals nicht voll genug bekommen. Erpressung schien ihm eventuell der Weg zum Glück. Finanziell sieht es bei den Maibichlers, wie unsere Recherchen ergeben haben, ja nicht allzu toll aus. Er droht also Vater und Sohn Palt damit, zur Polizei zu gehen, was er mit seinem Leben bezahlen muss.«

»Einer der beiden schlägt ihm ein Treffen am Autobahnparkplatz vor, lockt ihn von der Straße weg und erschießt ihn. Es soll wie Selbstmord aussehen. Dass Alois Maibichler Linkshänder war, bedenkt keiner«, beendete Meierhofer Staudingers Gedankengang.

»Das klingt ja alles schön und gut«, meinte Zöller, »aber eines verstehe ich nicht. Wenn die zwei uns mit Alois Maibichler ohnehin schon einen Täter präsentiert haben, wozu dann diese Romy-Uhlmeier-Entführungsgeschichte? Damit machen sie es jetzt doch nur schlimmer.«

»Das verstehe ich auch nicht«, stimmte Staudinger seinem Wiener Kollegen zu.

»Ich schon«, widersprach Brombspeidel. »Das ist ein typischer Fall von *Die linke Hand weiß nicht, was die rechte tut*. Ich gehe davon aus, dass Philipp Palt Alois Maibichler ermordet hat. Nachdem das nahe Wien passiert ist, müsste es sich zeitlich mit deinem letzten Besuch bei ihm ausgehen, Paul, während Viktor Palt mithilfe seiner Lorelei und ihrer Freundin diese Entführungssache inszeniert hat. Die zwei haben sich einfach nicht abgesprochen. Und jetzt haben sie den Salat.«

»Da wären wir. Auf geht's zum großen Finale!« Zöller parkte den Wagen vor dem Wohnblock, in dem Lorelei Schrödinger und Romy Uhlmeier lebten.

*

Während Zöller sich aufmachte, um an Romy Uhlmeiers und Lorelei Schrödingers Tür zu klingeln, nahmen sich die anderen drei den gesamten Wohnblock und dessen Umgebung vor. Staudinger und Brombspeidel durchsuchten den Hof, Meierhofer widmete sich dem Inneren des Gebäudes.

»Sie schon wieder!«, lautete Lorelei Schrödingers Kommentar, als sie Paul Zöller die Tür öffnete.

»Entschuldigen Sie bitte die neuerliche Störung, Frau Schrödinger, aber ich hätte da noch ein paar Fragen an Sie, Romy Uhlmeier betreffend.« Zöller war es nur wichtig, sich Zutritt zur Wohnung zu verschaffen.

»Was gibt es denn da noch zu fragen?! Romy ist weg, sie ist alt genug, um selbst zu wissen, was sie tut, und sie wird schon wieder auftauchen, so einfach ist das!« Lorelei Schrödinger war nicht wiederzuerkennen.

»Machen Sie sich denn gar keine Sorgen mehr um sie?«, entgegnete Zöller erstaunt. Er spürte, dass die Lage keine ungefährliche war. Irgendetwas war seit seinem letzten Besuch hier geschehen. Hatte Veronika Alchhauser Kontakt zu ihrem Sohn aufgenommen? War er vorgewarnt? Versteckte er sich hier in der Wohnung?

Lorelei Schrödinger reagierte aggressiv. »Warum sollte ich mir denn bitte Sorgen um diese blöde Tussi machen?! Sie ist doch an allem selbst schuld!«

»Woran genau ist sie schuld?«, hakte Zöller nach.

»An ihrem baldigen, viel zu frühen Ende. Sie drehen sich jetzt ganz langsam um, nehmen die Hände in die Höhe und gehen Richtung Keller! Wenn Sie auch nur eine falsche Bewegung machen, sind Sie tot! Ich bin bewaffnet.« Diese Stimme kannte Paul Zöller noch nicht. Er war sich aber sicher, dass es Viktor Palt war, der ihm den Lauf einer Pistole in den Rücken drückte.

»Lassen Sie uns darüber reden, Herr Palt«, versuchte der Chefinspektor zu beruhigen. »Sie machen die Sache mit dieser Aktion nur schlimmer!«

»Klappe halten! Schlimmer, als es momentan ist, kann es gar nicht mehr werden … Du bleibst in der Wohnung, Lorelei!«

»Wo ist Romy Uhlmeier? Warum haben Sie plötzlich ein Problem mit ihr? War nicht sie es, die Ihnen die Rache an Ihrem Großvater erst ermöglicht hat?« Zöller bemühte sich redlich, die Nerven zu bewahren.

»Romy geht es gut. Noch. Und ja, anfangs war sie eine große Hilfe. Eine sehr große sogar. Mein Großvater ist natürlich sofort auf sie angesprungen. Einen besseren Lockvogel hätten wir gar nicht finden können. Doch dann hat sie selbst es sich verbockt. Dieses doofe Blondchen! Die dumme Gans hat sich auf die Seite meines Großvaters geschlagen, weil er ihr plötzlich so sympathisch war. Was bleibt mir denn jetzt anderes übrig, als sie zu eliminieren?!«

Zöller versuchte es anders. »Ich verstehe, dass Sie aufgebracht sind, Herr Palt. Sie wollten Ihrem Großvater eins auswischen, ihm mit Romys Hilfe seine krummen Geschäfte nachweisen. Das ist Ihnen auch gelungen. Natürlich wollten Sie nie, dass Ihrem Großvater ernsthaft etwas zustößt, und nun hat Alois Maibichler ihn aus Eifersucht getötet. Aber es gibt diesbezüglich eine gute Nachricht: Maibichler ist tot. Er hat sich das Leben genommen und einen Abschiedsbrief hinterlassen. Außerdem haben wir bei ihm den Brieföffner gefunden, mit dem er Ihren Großvater erstochen hat. Eigentlich bin ich gekommen, um Ihnen das mitzuteilen. Der Fall ist endgültig gelöst, er wird für immer zu den Akten gelegt.«

»Maibichler hat sich umgebracht? Er hat den Mord an meinem Großvater gestanden?« Viktor Palt blieb für einen Moment stehen, drängte Zöller nicht länger nach vorne. Der überlegte, ob er versuchen sollte, seine Chance zu nutzen, beschloss dann aber, dass ihm das Risiko zu groß war. Immerhin war der junge Mann bewaffnet.

»Probieren Sie es erst gar nicht! Los, runter in den Keller!«, befahl Viktor Palt kurz darauf mit rauer Stimme, als ob er die Gedanken des Inspektors gelesen hätte.

*

Meierhofer war mittlerweile in den Kellerräumen des Wohnblocks gelandet. Wie in diesen Siedlungen üblich, schien jeder Wohnung ein Kellerabteil zugeordnet zu sein. Jede der Türen, an denen er vorbeiging, war fest verschlossen. Der Chefinspektor überlegte schon, den Rückzug anzutreten, als er hinter einer der Türen ein Wimmern wahrnahm. Er dachte kurz darüber nach, die Tür einzutreten, entschied dann aber, dass diese zu stabil und seine Knochen zu alt für eine derartige Kamikaze-Aktion waren. Also griff er nach seinem Handy, um Eva und Stefano zur Hilfe zu rufen. Im selben Moment hörte er im Stiegenhaus eine männliche Stimme. »Klappe halten und runter da!«

Was sollte er nun tun? Ihm blieb keine andere Wahl. Meierhofer griff nach seiner Waffe, die er nicht gerne benutzte, die nun aber seine einzige Chance war.

»Wie putzig, der Weihnachtsmann hat eine Waffe in der Hand. Gehört der Typ etwa zu Ihnen?!« Viktor Palt war ein gut aussehender junger Mann. Er musste, soweit Meierhofer das beurteilen konnte, nach seiner Mutter kommen.

»Lassen Sie die Waffe fallen, Herr Palt! Das bringt doch alles nichts! Verstärkung ist bereits unterwegs!«

»Ich lasse die Waffe ganz sicher nicht fallen, Herr Inspektor Meierhofer. Ja, da staunen Sie, was? Natürlich weiß ich, wer Sie sind. Ich habe die Ermittlungen von Anfang an mitverfolgt. Nur das mit Alois Maibichler, das wusste ich noch nicht. Mein Vater hat also nicht zu viel versprochen, als er meinte, er würde uns den lästigen Erpresser vom Hals schaffen. Der Maibichler, der hat nämlich leider mitbekommen, was in dem Kaminzimmer passiert ist. Wir haben ihm das gesamte Diebesgut, das mein Opa zu diesem Zeitpunkt im Ferienhaus hatte, überlassen, aber das war dem gierigen Kerl nicht genug. Er hat uns unter Druck gesetzt, uns beinhart erpresst! Mein Vater wollte die Sache in die Hand nehmen. So viel Eigeninitiative hätte ich ihm eigentlich gar nicht zugetraut. Dass er vorhatte, zwei Fliegen mit einer Klappe zu schlagen, hat er mir nämlich verheimlicht. Alois Maibichler zum Selbstmörder zu machen … genial!«

»Nicht ganz. Alois Maibichler war Linkshänder. Das wusste Ihr Vater anscheinend nicht«, konnte Meierhofer sich nicht verkneifen.

»Also doch kein genialer Schachzug meines Vaters. Wäre ja auch verwunderlich gewesen. Gut, dass er gemeinsam mit Romy bald das Zeitliche segnen wird. Eigentlich dachte ich, es würde reichen, die zwei und Lorelei um die Ecke zu bringen. Damit ich endlich alle Zeugen los wäre, aber jetzt habe ich auch noch sie beide an der Backe. Langsam wird die Sache richtig kompliziert.« Ein diabolisches Lachen drang aus Viktor Palts Kehle. Plötzlich wirkte er ganz und gar nicht mehr attraktiv.

»Ich hatte vor, ein kleines Lagerfeuer zu veranstalten. Hier, in Loreleis und Romys kuscheligem Kellerabteil. Romy und mein Vater warten schon gespannt darauf. Nur Lorelei habe ich noch nicht so weit. Sie glaubt, das zwischen uns ist tatsächlich die große Liebe. Die dumme Kuh ist mir hörig. Macht, was immer ich von ihr verlange. Nur in das Kellerabteil hab ich sie noch nicht gebracht.«

Meierhofer überlegte fieberhaft, was er tun sollte. Wenn er auf Palt schoss, würde dieser Zöller in den Rücken schießen. Da keiner von ihnen daran gedacht hatte, die kugelsicheren Westen anzulegen, würde ihn das wahrscheinlich das Leben kosten. Wenn er gar nichts tat, würde Palt sie beide eventuell erst recht töten. Der Mann schien komplett verrückt zu sein, ein Psychopath. Alles, was den beiden Chefinspektoren blieb, war, es hinauszuzögern. So lange, bis Stefano und Eva hier waren. Irgendwann würden sie hoffentlich den Weg in den Keller des Wohnblocks finden.

»Warum haben Sie Ihren Großvater eigentlich getötet, Herr Palt? Nur, weil er Ihre Großmutter auf dem Gewissen hatte?«, versuchte Meierhofer, Viktor Palt in ein Gespräch zu verwickeln.

Der lachte laut auf. »Ha! Sie wissen es also noch gar nicht?! Nein, das alleine war natürlich nicht der Grund. Dass mein Opa meine Oma auf dem Gewissen hatte, war uns von Anfang an klar, aber umgebracht hätten wir ihn deshalb natürlich nicht. Papa und ich, wir wollten ihm eine Lektion erteilen, das schon. Romy sollte sich an ihn heranschmeißen, mit ihm in die Wachau kommen, um dort zu dokumentieren, was er während seiner angeblichen Geschäftsreisen wirklich trieb. Er war ein Hehler, mein Opa. Schlechtes Gewissen hatte er dabei keines. Er war ein richtiger böser Bube. Jetzt denken Sie wahrscheinlich, dass er das an mich vererbt hat. Dass ich das

Böse praktisch in den Genen habe. Geht aber gar nicht ... Ist Ihnen nicht aufgefallen, dass mein Papa seinem Vater so überhaupt nicht ähnlich sieht? Dachten Sie, mein Opa hätte meine Oma einfach nur so getötet, weil sie ihm auf die Nerven gegangen ist oder wegen ihres Geldes? Dann hätte er das doch schon viel früher getan. Nein, es war etwas ganz anderes, das ihn so weit getrieben hat. Mein Papa ist ein Kuckucksei. Das hat meine Oma meinem Opa kurz vor ihrem Tod gesteckt. Während eines Streits. Mein Opa konnte also eigentlich gar nicht anders als sie die Treppe runterstoßen. Davon wussten mein Vater und ich allerdings nichts. Nicht bis zu dem Tag, an dem er uns in die Wachau beordert hat ... Ja, Sie haben richtig gehört, mein Opa wollte, dass Papa und ich ihn in der Wachau besuchen. Während seiner angeblichen Geschäftsreise. Und wissen Sie, warum er das wollte? Weil er eine Botschaft für uns hatte. Eine Teufelsbotschaft, wenn man so will.«

Deshalb also der Brieföffner, kam es Meierhofer in den Sinn. Das letzte Puzzleteil, auch wenn es in der jetzigen Situation überhaupt nichts nützte.

»Es muss Ihnen doch auch spanisch vorgekommen sein, dass ich meinen Großvater mit einem Brieföffner erstochen habe«, schien Palt die Gedanken des Inspektors zu lesen. »Wer macht schon freiwillig einen Brieföffner zur Tatwaffe? Mein Opa hat Papa und mich also zu sich eingeladen. In dieses wunderschöne Blockhaus in der Wachau. Wir dachten, dass er es nett mit uns meint, dass er sich mit uns versöhnen möchte, haben schon überlegt, wie wir die Sache mit Romy wieder abblasen können, ohne meinem Großvater zu sehr wehzutun. Und dann das. Er hat uns in das Kaminzimmer gebeten. Romy war auch dabei. Dass sie von uns beauftragt worden war, ihm schöne Augen zu machen, hatte mein Opa natürlich längst durchschaut. Blöderweise hat die dumme Kuh sich tatsächlich in ihn verknallt. Verstehe einer die Weiber. Also, wo war ich ... genau, im Kaminzimmer. Mein Opa hat uns etwas zu trinken angeboten und ein bisschen mit uns geplauscht. Wir waren uns nicht sicher, wie wir die Situation einschätzen sollten. Es fühlte sich nett an, gleichzeitig aber auch irgendwie bedrohlich. Er hat uns erzählt, dass er der Alleinerbe meiner Großmutter ist. Dass es so im Testament steht. Dass wir nichts von ihrem Erbe zu sehen bekommen würden. Und dann meinte er, dass wir, auch wenn er einmal nicht mehr wäre, erst recht nichts vom familiären Vermögen abbekommen würden. Wir haben anfangs nur Bahnhof verstanden. Bis mein Opa diesen Brief aus der Tasche zog. Diese Botschaft, die alles verändern würde. Sie hätten ihn sehen sollen, wie genussvoll er mit dem Brieföffner das Kuvert geöffnet hat. Das Kuvert, das alles besiegeln sollte. Diese Teufelsbotschaft, die alles verändern sollte. Es war ...«

»... ein Vaterschaftstest«, vollendete Meierhofer Viktor Palts letzten Satz.

Der nickte. »Genau. Mein Opa hat heimlich einen Vaterschaftstest machen lassen, der eindeutig ergeben hat, dass mein Papa nicht sein Sohn ist.«

»Und Sie damit nicht sein Enkel«, folgerte Zöller.

Tränen rannen Viktor Palt nun über die Wangen. »Er hat uns verhöhnt. Aufs Schlimmste verhöhnt. Sich über seine untreue Ehefrau lustig gemacht, die den Tod mehr als verdient hätte.«

»Da haben Sie rotgesehen und nach dem Brieföffner gegriffen«, flüsterte Meierhofer.

»Ich hab auf ihn eingestochen, und plötzlich war da das

Blut. Das viele Blut. Nie wieder werde ich diese Bilder los. Nie wieder.« Viktor Palt war dem Zusammenbruch nahe.

»Sie wollten Ihren Großvater nicht umbringen, Herr Palt, es ist im Affekt passiert. Sie wollen das alles doch gar nicht! Geben Sie auf! Lassen Sie Frau Uhlmeier und Ihren Vater frei! Lassen Sie die Waffe fallen!«, flehte Zöller.

Viktor Palts Gesichtsausdruck veränderte sich. Er wurde erneut hart. »Nein, nein, nein! Die einzige Möglichkeit, das zu beenden, ist, alle auszulöschen, die mit der Sache zu tun hatten. Wenn ich Romy, meinen Vater, Lorelei und Sie beide eliminiere, dann verschwinden sie vielleicht, diese Bilder. Diese schrecklichen Bilder des vielen Blu…«

Weiter kam Viktor Palt nicht.

»Er hat immer gemeint, dass ich nicht kochen kann. Das hat er jetzt davon.« Lorelei Schrödinger hob stolz die schwere gusseiserne Bratpfanne, die sie ihrem Freund mit ganzer Kraft über den Kopf gezogen hatte.

EPILOG

»Der ist es, Hans. Genau den will ich!« Irene hakte sich bei ihrem Göttergatten ein und deutete auf eine besonders schöne, dicht gewachsene Tanne, deren Nadeln an den Spitzen hellgrün waren.

»Wahnsinn, ein Rapid-Baum«, entfuhr es Meierhofer. »Was meinst du, Einstein, ist er das? Der perfekte Christbaum?« Der kleine Malteserrüde sah sein Herrchen mit schief gelegtem Kopf gespannt an und bellte dann zustimmend.

»Na bitte, wenn er Einstein gefällt, muss er tatsächlich der richtige Baum für uns sein. Glaubst du, dass er Johanna auch gefallen wird?«

Meierhofer deutete dem Christbaumverkäufer vom Jauerling, die Tanne für sie einzupacken.

»Da bin ich mir ganz sicher«, erwiderte Irene schmunzelnd.

»Kommen eigentlich am 24. Dezember alle zu uns?« Der Chefinspektor schulterte den großen Baum.

»Das schaut aus, als hätte der Weihnachtsmann persönlich einen Baum besorgt«, meinte der Christbaumverkäufer schmunzelnd.

Irene lachte laut auf, dann sagte sie: »Ja, alle kommen sie zu uns. Karl, Marianne, Lukas, Johanna und, wenn du möchtest, auch Stefano und Dominik. Meinst du, wir sollen Eva auch fragen? … Packen Sie uns bitte auch noch ein bisserl von dem

Reisig ein!«

Meierhofer schüttelte den Kopf. »Wir können sie gerne fragen, aber damit bringen wir sie wahrscheinlich nur in Verlegenheit. Eva feiert Weihnachten ganz sicher mit ihrer Familie im tief verschneiten Litschau. Das würde ich auch machen, wenn ich die Möglichkeit dazu hätte.«

Der Chefinspektor war ein erklärter Fan von weißen Weihnachten.

»Wenn du brav genug bist, erlebst du vielleicht auch zu Hause weiße Weihnachten. Schau, es flankerlt schon wieder ein bisschen.«

»Tatsächlich.« Meierhofer betrachtete begeistert die vereinzelt vom Himmel schwebenden Schneeflocken. »Na, dann werde ich mich mal besser bemühen und während der nächsten Tage besonders brav sein.«

Irene schmiegte sich eng an Meierhofer. »Und falls du es nicht schaffst, mach dir keine Sorgen! Ich hab jede Menge Bratpfannen zu Hause.«